U0454305

寡黙な死骸
みだらな弔い

洋果子店的
午后

［日］小川洋子

著

董纾含

译

中信出版集团｜北京

图书在版编目（CIP）数据

洋果子店的午后 /（日）小川洋子著；董纾含译 .
北京：中信出版社，2025. 1. -- ISBN 978-7-5217
-7068-1

I. I313.45

中国国家版本馆 CIP 数据核字第 2024AF6017 号

洋果子店的午后

著者： ［日］小川洋子
译者： 董纾含
出版发行：中信出版集团股份有限公司
　　　　　（北京市朝阳区东三环北路 27 号嘉铭中心　邮编　100020）
承印者： 河北鹏润印刷有限公司

开本：880mm×1230mm　1/32　　　印张：7.25　　字数：88 千字
版次：2025 年 1 月第 1 版　　　　　印次：2025 年 1 月第 1 次印刷
京权图字：01-2024-5117　　　　　　书号：ISBN 978-7-5217-7068-1
　　　　　　　　　　定价：49.80 元

目录

洋果子店的午后

这是一个天气不错的星期日。天空没有一丝阴霾，草木在清爽的风中摇曳，目之所及的一切都笼罩在光明之中。冰激凌小店的屋顶、流浪猫的双瞳、饮水处的水龙头，甚至连沾着鸽粪的钟楼底座，都得意扬扬地闪着光。

熙熙攘攘的广场上尽是享受周末的人。卖气球的小贩将气球捏得叽里叽里直响，把它们逐个变成动物模样。在一旁观望的小孩子露出一脸不可思议的神情。坐在长椅上的妇人正织着毛衣。不知从何处传来了汽车的鸣笛，鸽子成群飞上了天。惊得大哭的小婴儿，被母亲轻柔地抱起。

光芒映照之下，是一幅没有任何损伤与缺失的圆满风景。凝视这片风景时，哪怕看尽边边角角，都感觉不到其中有丝毫的欠缺。

这家店里一个人影都没有。推动旋转门，走进店内的一刹那，广场上的喧嚣顿时远去。取而代之的是香草的甘甜气息。

"打扰了。"

我略局促地唤了一声，但没有人回应。无奈，我只得坐到角落的一把小圆凳上。

这是我第一次到此处。店内布置得小巧质朴、干净整洁。蛋糕、馅饼、巧克力被整整齐齐地摆在玻璃柜中，两侧的架子上放着罐装的曲奇饼干。收银台后边的台面上，堆叠着水蓝色和橘色的格纹包装纸，十分可爱。

所有点心看上去都很可口，但我从一开始就决定了要买哪一种。两块草莓蛋糕，只要这两块就足够了。

钟楼响了四次。鸽子再次一齐振翅起飞，它们横穿广场，落到花店的门前。女老板一副厌烦模样，举起拖把赶走了鸟儿。鸽子身上掉落的灰色羽毛在天空中轻盈地飘着，迟迟没有落地。

店里依然没有人出来回应。我想离开了，可搬来这座城市的日子尚浅，我并不知道哪里还有不错的洋果子店。

而且我对这家店很满意，虽然晾着客人不管，却没有给我被冒犯的感觉。我反而能从这种寂静的气氛中，体味到一种深深的恭谨。照着玻璃柜的光是那么柔和，点心是那么美，小圆凳坐起来也非常舒适。

"没人吗？"

突然，一位中年妇女走进店里。她身材微丰，个头很小，套着一件旧旧的塑胶围裙。门开时，外面的喧嚣瞬间涌入，但随即又消失了。

"客人在这里等着，人却不见了，就这么把客人扔一边，真让人没辙。"这妇人转过头，对我微笑道，"可能是出门跑腿去了吧，应该很快就回来了。"

她在我旁边坐下，对我稍稍颔首。

"要不然，我来给您结账吧？我是给这家店批发香料的，大概知道该怎么做……"

"谢谢您。我不着急，还是再等等吧。"

我们两人就这样并排坐着，一起等待。妇人一会儿调整脖子上的丝巾，一会儿用鞋尖戳戳地板，一会儿又摆弄起装钱用的黑色小手包上的拉链。看样子，她正绞尽脑汁地思考一些能消磨时间的话题。

"这里的点心很好吃，他们用的是我家的香料，里面没掺任何怪东西。"

"是吗？真好啊。"

"平时店里很热闹的，今天有点奇怪。有时候来买点心的人都会排到店外去呢。"

年轻情侣、老绅士、游客、巡逻的警官……各色人等从窗外经过，谁都没有留意这家洋果子店。

妇人转头望向广场，用手指梳理着卷曲的白发。她每动一下，身上都会散发一股不可思议的味道，就好似草药或是熟过头的水果，掺杂着她塑胶围裙的味道。以前，我父亲曾在庭院的小温室里养兰花，他再三警告，不让小孩子进去。当我悄悄推开温室的门时，潮湿的味道一下子扑面而来。那妇人身上的味道与之相似。这并非令人不快的气味，我反倒因此对她感到别样的亲近。

"这家店卖草莓蛋糕，真是太好了。"我指了指玻璃柜说道，"而且那是真正的草莓蛋糕。不加果冻或多余的水果，也不装饰假模假样的小人偶。只用草莓和奶油，那才是真正的草莓蛋糕。"

"是啊，说得没错，我能担保。草莓蛋糕是这家店的招牌，毕竟那蛋糕坯里还加了我家特制的香草呢。"

"我是给儿子买的，他今天过生日。"

"哎呀，是吗？恭喜啊。您儿子多大了？"

"六岁。他一直是六岁。他死了。"

十二年前，他死在了冰箱里。在废品回收场的一台坏掉的冰箱里，窒息而死。

最开始看到他的时候，我没想到他已经死了。他已经三天没有回家了，我以为他无颜面对我，只是垂着头而已。

一位我从没见过的女人茫然地立在旁边。我一下子明白了，是她找到了我的儿子。她头发凌乱，脸色铁青，嘴唇哆嗦着，看起来倒更像个死人。

妈妈没有生气，快过来吧，让妈妈抱抱。生日蛋糕，妈妈已经买好了。咱们一起回家吧。

可他纹丝不动。为了不碰到隔板、鸡蛋盒和制冰格，他巧妙地把身体蜷成一团，抱好双腿，将脸埋在双膝间。因为在冰箱里躲得太久，他后背的轮廓仿佛已彻底融进了黑暗。

这个空间里充斥着灰暗。唯独他的颈部有一片淡淡的光。纤细的后颈、润泽的皮肤、透明的胎毛，一切似曾相识。不，不对。孩子只是睡着了。这不是很明显吗？他还饿着肚子，他很累了。别把他吵醒，轻轻地把他带走吧。让他尽情地睡吧。睡够了便会醒来的。一定是这样的……

但那女人没有任何回应。

妇人的反应和我之前遇到的所有人都不一样。她的脸上不见一丝的同情、惊讶或尴尬。无论对方表现得如何不动声色，我都能看穿。儿子死后，我就拥有了解读他人表情的能力。我一眼就看得出，妇人的表情是真心的。

她并无悔意，不会自问为何刚刚提了那样一个问题。对于向陌生人透露过去的我，她也没有责备的意思。

"那您就更该选这家洋果子店了。哪里的蛋糕也比不上这家的。您儿子一定会很开心。店家还会赠送漂亮的蜡烛，满满当当地装在箱子里，您可以选自己喜欢的样式。有红色、蓝色、粉色、黄色，还有花朵、蝴蝶和其他动物的图样，够您挑的呢。"

她脸上浮现出微笑。这微笑和洋果子店的宁静气质很是相宜。我想，这人不会不理解所谓"死"的意思吧？又或者，她早已洞彻了人的死亡。

我知道儿子不会死而复生，但我依然没有扔掉那块本该和他一起品尝的草莓蛋糕。一天又一天，我盯着它一点点腐烂。最开始是生奶油变色，油脂析出，融化后弄脏了周围那一圈玻璃纸。后来，草莓逐渐干瘪，变得好似畸胎的脑袋。蛋糕坯不再柔软，渐渐坍塌，生出霉斑。

"霉斑可真美啊。"

我喃喃道。一朵朵霉斑好似躲藏在半空中的小人，飞舞降落，然后逐一显形。它们用丰富的色彩和精巧的模样覆住了蛋糕的身体。

"快把这玩意儿扔了！"

丈夫怒吼道。

我不理解，原本该被孩子吃下的蛋糕，为什么要遭受如此不堪的辱骂。我抓起蛋糕，瞄准丈夫扔了过去。蛋糕砸在他的头发、脸颊、脖子和衬衣上，糕体化作齑粉，霉花四散，迸发出可怕的恶臭。我似乎嗅到了迈向死亡的味道。

草莓蛋糕被摆在最上层正中，那是玻璃柜里最醒目的位置。个头略显娇小，外表朴实无华，顶上一连摆了三颗草莓。我看不出任何腐败的兆头。它似乎能保持这番模样，直到永远。

"我差不多该走了。"

妇人站起身，抻了抻围裙的褶皱。她往通向广场的那条路看了好几次，似乎在看店员是否回来了。

"我再等一会儿。"

"哦，也好。"

妇人伸出胳膊，轻轻碰了下我的手。这动作过于自然，我一时并没有明白她做了什么。

那是一只布满皱纹、十分粗糙的手，骨节凸出，指甲里塞满污垢。或许是因为要经常接触香料吧。不过，她的手有种久而不衰的温暖。我想起她讲的那箱蜡烛的事，蜡烛点亮后，那火焰应该就如她的手一样温暖吧。

"我去店员可能会在的地方瞧一瞧，要是被我找见了，我就让店员赶快回店里。"

"谢谢您。"

"哎呀，都是小事。那再见了。"

她将小手包夹在腋下，走出了旋转门。我注意到她身后的围裙带子快散了，想要喊住她，却没来得及。妇人已经混入广场的人潮中。我又一个人了。

他是个聪明孩子，能把绘本上的故事一字不落地背下来。不论小猪还是国王，机器人还是老爷爷，他都能以相应的声线去演绎。他是个左撇子，天庭饱满，耳垂上长着痣。他总在我准备饭菜的时候缠着我，一个劲儿地问些叫我苦恼的问题：文字是谁发明的？人为什么会长高？空气是什么？人死后会去哪里？

眼前是一片广袤的死亡之海。不是液体，不是风景，不是记忆，也不是语言。那是一片压抑的海。无处可逃，也没有可供休憩的小岛。晦暗的波涛无穷无尽，一浪接一浪地涌上来。

我开始收集一些关于惨死的儿童的新闻。我每天都跑去图书馆，阅遍报刊，搜罗那些可怕的死讯，再将之复印出来。

曾有一个十一岁的少女在遭受强奸后被埋在森林里；一个男孩在遭变态者诱拐后被斩断双脚，而后被人们在葡萄酒木箱中发现；还有一个十岁的小学生，在参观钢铁厂时不慎从栏杆的空隙跌入熔炉，瞬间化成一摊水。

回到家后，我开始大声朗读这些报道。只要醒着，我就读个不停，好似在唱诵咒文。

为什么现在才注意到？我稍稍挪动椅子，凝视前台对面的位置。在收银台的一旁有扇半开的门，能望到里侧的厨房。那里有位貌似西点师的年轻女孩，正背对门站着。我想喊她，旋即又把嘴边的话咽了回去。她正在和谁打着电话，而且在哭。

我听不到她的声音，但看得到她的双肩在颤抖。她的头发被随意扎起，塞在白色的帽子里。她的围裙上星星点点地沾着奶油和巧克力的痕迹，但并不给人不洁的感觉。那纤细的背影尚有少女的气质。

她什么时候出现在那里的？还是一直都在，只是我之前没注意到？总之，那女孩是毫无先兆地出现在我视野一隅的。

我在椅子上重新调整坐姿。广场上一切照旧：卖气球的小贩还在捏制动物的脸庞，到处都是成群的鸽子，长椅上的妇人还在织着毛衣。刚才的一切都未改变，唯独钟楼的影被拉得更细更长了一些。

厨房和店面一样十分整洁。锅盆、刀具、打蛋器、裱花袋、筛子，当日用到的一切工具都已物归原位。抹布洁净且干燥，地板上连一丁点儿小麦粉都没有。烤箱似乎尚有余温。这厨房绝称不上崭新，但在常年的小心使用下，被保养得很好。

她哭得很美，与厨房的气氛相映成趣。旁人听不到些微的声响，她的肩膀每抖一下，后颈的毛发就会微微晃动。她面向烹饪台，身体稍稍倚向烤箱，右手紧握着餐巾纸，一动不动。我看不到她的脸，不过从她下颌的线条、白皙的颈部，以及握着电话的手指的形状，能感到其间流露出的哀怨情绪。

她为什么哭？和恋人吵架了吗？工作不顺利吗？对我来说，理由并不重要。我甚至觉得可能根本不存在理由。

她哭泣的模样是那么纯粹，我真想永远注视下去。悲伤是如何到访的，眼泪是如何溢出的，我再清楚不过了。

推不开也叩不应的门。传不出去的呐喊。黑暗、饥饿、疼痛。徐徐袭来的窒息感。某天我突然想到，孩子曾尝过的痛苦，我也该尝尝才对。否则，我将无法逃离当下的悲哀。

我先是断开了家中冰箱的电源，把里面的食物全清了出来。昨夜剩的土豆沙拉、火腿块、鸡蛋、卷心菜、黄瓜、蔫掉的菠菜、酸奶、罐装啤酒、冷冻食品、冰块、猪肉……摸到哪个就扔哪个。

番茄酱溢了出来，鸡蛋碎了，冰激凌也融化了。随着厨房地面变得狼藉，冰箱中的黑暗逐渐显形。我喘了口气，把自己蜷成一小团，慢慢将身子塞进那片黑暗之中。

关上冰箱门，光芒都消失了。我甚至不知道自己此刻是睁着眼还是闭着眼。我很快就明白了，在这里，睁眼闭眼都是一样的。冰箱的内壁还残留着冷气。

死会从何处来？我静静地等待着，闻到了一股熟悉的气味，那是找到儿子时闻到的气味。湿润的气息，似乎藏着什么秘密，带着些微的甘甜。我忽地想起来，再早些时候，当我还是个和他一样大的孩子的时候，我曾潜入父亲的温室，那里也是这样的气味。想到这里，我安心下来。

"你在干什么！"

丈夫粗暴地打开了冰箱，他没有再说什么，紧握的拳在颤抖。

"再等一会儿，我就能见到他了。为什么拦着我？你快走。"

为了夺回那些溜出去的宝贵气味，我甩开了丈夫的手，要将冰箱门关好。

"差不多得了！"

他把我从冰箱里拉出来，殴打了我。酱汁、碎鸡蛋的蛋黄和番茄汁沾在我的身体上。我被那些黏糊糊的东西弄脏了，脏得无法恢复原状。自那天起，丈夫就离开了我。

我看到一滴眼泪滚落。她握紧了餐巾纸。广场上有那么多人，谁能知道这家洋果子店的后厨里，有位少女正握着纸巾流泪。默默守着她的，就只有来为亡儿买生日蛋糕的我而已。

不知何时，阳光转变了色彩。市政厅的屋顶渐渐被天空的晚霞浸染。动物造型的气球卖得很好，已经不剩多少。钟楼周围聚了不少手举相机的人，似乎在等着下午五点的钟声敲响时，钟楼里面运转的小机关登场。

不过是招呼一声的事，我却没这么做。我屏息消声，不希望被她发现。围裙浆得板板正正，尺寸稍显大些，使她看上去愈加楚楚可怜。她脖子汗津津的，袖口全是褶子，从那里伸出修长的手指。我想象着她做蛋糕时的模样，脑海中的她从热气蒸腾的烤箱里端出蛋糕坯，为其挤上奶油，将一颗又一颗草莓小心翼翼地装饰在上面。她可以做出无可比拟的极好蛋糕。

孤身生活数年后，某一天，我接到了一通奇妙的电话。话筒那端是一个陌生少年的声音。他似乎有些紧张，措辞彬彬有礼。

"哎？"

我怔住了。那孩子口中冒出来的，无疑是我死去的儿子的名字。

"请问他现在在家吗？"

"不，他不在……"我勉强从嗓子眼里挤出话来。

"那我之后再打电话。我想通知他参加同学会，我是他的中学同学。请问他什么时候回来？"

我又一次和他确认了儿子的名字。

嗯，是他。对方坦然地回答。

"他现在在国外呢，他去那边上学了。"

"这样啊，太可惜了，我还期待再见到他呢。"对方的语气充满了遗憾。

"你们是朋友？"

"是的，我们都是戏剧部的。他是部长，我是副部长。"

"戏剧部……"

"在市里的比赛拿了优胜后，我们一起参加了全国比赛。就是那部《浴火者》，他演凡·高，我演凡·高的弟弟提奥。他特别受女孩子欢迎，我总给他当陪衬。不单是舞台上，他走到哪里都是人们眼中的焦点……"

尽管是在听其他人的故事，我却丝毫没有感到混乱。我没有打算纠正对方的错误。我的孩子那么擅长读绘本，胜任戏剧的主角也是自然。对方说的并不错。

"他现在还会演戏吗？"

"嗯……"

"啊，我想也是。能麻烦您把我打电话的事转告给他吗？"

"没问题，我会告诉他的。"

"好的，那再见了。"

"谢谢你，再见。"

他挂断了电话。我兀自举着听筒，静静地听那单调的信号音。时至今日，我仍不知道他是谁。

下午五点的钟声响起。鸽子们从市政厅的屋顶高高飞起。第五声钟鸣结束，钟楼正中的小门开了，兵卒、公鸡、骷髅形象的玩偶兜转着轮番登场。这座钟楼有些年头了，机关的运作不太顺畅，玩偶也脏兮兮的。公鸡晃着脑袋发出啼鸣，骷髅滑稽地跳着舞。一位闪动着金色翅膀的天使从它们身后飞出。最后是敬礼的兵卒们。

少女将电话听筒放了回去。我猛然捂紧胸口。她垂着视线，凝望了一会儿电话，然后深吸一口气，用纸巾擦了擦泪。

我在心里不停地复习那句待她望过来时我将说的话：
"请给我两块草莓蛋糕。"

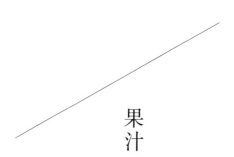

果汁

"这周日你忙吗？"

被她冷不防地问道，我顿时乱了阵脚，不知该怎么回答。

"当然，如果你那天有事，我不会硬为难你……"

放学后的图书室里只有零星几个人。西斜的太阳将光洒进屋内。她半蜷着身，低头躲在书架阴影处。夕阳照在她背上，将长发映衬成琥珀色。

"没事……我有空的。"

为了掩饰内心的困惑，我故意冷冷应道。自打分进同一个班，我们还没说过一句话。如此近距离地看着她，也是头一次。

是在邀请我约会吗？这大概是最普通的一种可能了。果真如此的话，我并不反感。虽然对她毫不了解，但她给我的感觉无疑是好的。

不过，我也不该自作聪明，过早放下戒备。她的样子十分坦然，不见一点害羞和谄媚。她表现出的只有歉意。

"其实，我是想请你和我一起去个地方。"

"去哪里？"

"一家法式餐厅。周日中午十二点，我必须去那里办一件事。虽然我并不想去，但事情就是走到了这个地步……当然，绝对不会给你惹什么麻烦的，你只需要和我在一起吃顿饭就行，仅此而已。"

她摩挲着书本的书脊，犹豫地说。

"我也知道，请你帮这种忙并不合适。如果你不愿意的话，直接回绝我就好。"

每说一句话，她就会缩一缩肩膀，头也压得低低的，尽量把身子变得更小些，好似要将自己锁进那片阴影中。远远地，能听到从体育馆传来的拍球声。

"好，不就是吃个饭而已，不成问题。"我回应道。但我有很多疑问没有说出口：有什么缘由吗？为什么选择我？我怕再让她说几句，她的身体就真的被阴影吸走了。

"谢谢你。"

她由衷地松了口气，随后终于抬起视线，冲我笑了笑。而夕阳的光太过耀眼，我不大能看清她的模样，我有些失落。

服务员将我们领进餐厅深处的某个单间，男人已经坐在那里了。他正喝着开胃酒，酒呈浓郁的紫红。我以为他会带什么秘书或保镖，结果却是一个人。

天花板垂着一盏水晶吊灯，房间里四处都装饰着鲜花，银质的餐具闪闪发光。以三个人来看，这桌子明显太大了，桌布的白色直晃得我睁不开眼。

她和那男人之间没有任何礼貌的问候，只能听到两三声"啊"或"哎"等无意义的言语。我等着她来介绍我，可她压根儿没提到我便径直坐下了，令我也错失了自报身份的机会。

"想吃什么随便点。"

男人反复说着这句话。每当沉默漫长得令人难以忍受时，他就会搬出这句话来。她正了正坐姿，仔仔细细地把菜单从头到尾翻阅了一遍，但似乎并没有挑选菜品的意思。我很快就看出来，那不过是为了挨过沉默而故作的姿态。我伸出手，用手指摩挲着叠成复杂形状的纸巾的边缘。

"我母亲生病住院了，你知道吗？"

在来餐厅的地铁上，她对我说道。我摇摇头。关于她，我只知道她和她母亲相依为命。班上似乎流传过她是私生子的谣言，但个中细节我也记不太清了。

"是肝癌，应该活不久了。"

喧嚣的地铁中，她的声音清晰地传进我的耳朵。

"前一阵子，她给我留了遗言，说：'如果妈妈有个三长两短，就去找这个人，他一定会帮你的。'"

她从裙子的口袋里掏出一张名片。名片看上去已经被保存了很久，四角有磨损。上面印的是一个小有名气的议员的名字。也就是在这段日子里，我听说他是劳动大臣还是邮政大臣来着。

"你母亲，情况那么差吗……"

我担心自己安慰不成，反倒伤到她，所以措辞极其慎重。

"她住院已经四个月了，家里一直只有我一个人。"

她穿了件印有花朵纹样的罩衫，下身的裙子质地柔软而轻盈，罩衫的领子和袖口都被仔细地熨烫过。她这身装束看起来比学校的制服还多了几分端重。

她是全班最不起眼的学生，上课时几乎从不发言。老师喊她翻译英文，或让她解黑板上的数学题，她也总是一副轻悄悄的样子，小心翼翼，尽量不发出多余的动静。她没什么特别要好的朋友，也不参加社团活动，午休的时候，就独自一人在角落里吃着面包。

但是包括我在内，没有任何人对此感到不对劲。大家并没有特意无视她，也不会因她感到不快。她就是刚好符那种悄然的气质。苍白的皮肤、顺直的黑色长发、低头时眉目中的阴影，都酝酿着无可侵入的静寂。

有一句最贴合她的形容——总一副满怀歉意的样子。"请大家千万别在意我，我会尽量不碍大家的眼……"她仿佛在暗暗嘀咕着，任自己被独属于她一人的静寂层层包裹起来。

"所以，你今天是第一次见这个人吗？"

我抬了抬下巴，示意她手中的名片。

"是的。"

"你小时候也一次都没见过？"

"嗯。"她点点头。

我注视着她那只捏着名片的手。那只手离我很近，我的气息似乎能碰到它。我的视线一动不动，紧紧盯着那只手，仿佛第一次意识到，她也是长着一双手的。

"有没有什么忌口？"

男人问道。我和她同时回答："没有。"

他语速飞快地点了一堆菜，记菜单的服务员甚至跟不上他的语速。那是一种惯于下命令的口气。菜品一道道端上来，我们一道道解决着。

服务员关上门，房间陷入死寂。咀嚼声和吞咽声格外响亮。他已经不再喝酒了。

他看上去比电视上更衰老。颈部的肉非常松弛，脸上和手背长满色斑。他身材矮小，但看上去骨骼结实，头顶半秃，一对耳垂生得很大。

他丝毫没有傲慢的姿态。不过对于和我们见面，他也没有表现出发自心底的喜悦。唯一能确定的是，他在绞尽脑汁地思索眼下最适合的话题，却因迟迟拿不出结论而陷入茫然。他频频举杯啜饮，而杯里的液体并不见减少。

"你在学校，比较擅长哪一科？"

他说话了。简直像是面对小学生的问题。她母亲的病情、经济上的困难、对过去的忏悔……更重要的话题其实有的是。我不由得开始担忧，自己的在场是否会让他们的关系越来越复杂。

"古文和英语……还有音乐。嗯，我最喜欢音乐。"她放下刀叉，用餐巾擦了擦嘴角，说道。

"噢，音乐啊，挺好的。你呢？"

他望向我这边。我慌忙敷衍道："生物。"不管是生物还是体育，对我们来说都无所谓，只是比起沉默，闲谈更能让我们仨感觉轻松些。

"没参加什么体育活动吗？"

"嗯，没有。"

"啊，这道清汤里加了松露，你喜欢吗？"

"我第一次吃这个。"

"合你的口味就好，年轻人就得胃口好。"

"是。"

"休息日你都做什么？"

"洗洗衣服，和猫咪玩，听听唱片……之类的。"

服务员走进来摆上鱼类料理。男人面前是一盘浇了黄绿色酱汁的鲷鱼，我是蒸龙虾，她是黄油烤虾夷扇贝。

她双腿齐齐并拢，坐直身子，仪态端正地吃着，视线集中在自己的盘中。只有在回答问题的时候，她的目光才会移向桌子正中的黄油盒上。

一有机会，我就偷瞄一眼她的侧脸。她的侧脸生得很端正，额头饱满，下巴紧致，长发柔顺地垂下。这副样貌，令人愈加捉摸不透她的内心。

但她那种带着歉意的气质却始终没变。那歉意早已渗入她的形貌，似体温一样自然。她仿佛在说："我为什么要坐在这里吃烤扇贝？我本不该在这里的……"

接下来是其他荤菜。服务员的动作十分麻利。我已经吃饱了，但他们俩的进食速度丝毫不减。无奈，我只能硬着头皮将肉塞进嗓子眼里。

"你不学些乐器吗？钢琴、吉他、小提琴一类的……"

"我家没有乐器。"

男人咳了一声。她夹起蘸满肉汁的西蓝花吃了下去。男人手中的餐刀碰到盘子边缘，发出刺耳的声响，他慌忙说："不好意思。"她回答："没事，没关系。"

我突然看到这样一幅情景。那还是升上三年级之后不久的事。放学后，我曾在音乐教室见过她。为什么我会忘了呢？那时候，我们确实是说过话的。

当时，教室里没有其他人。我从走廊经过时，似乎感觉到了些什么，便停在原地。我看到她正踮起脚尖，慢悠悠地伸手去开橱柜的玻璃门。为什么我没有马上离开呢？我也说不上来。或许是觉察到了什么神秘的气息？还是说，她抬起胳膊时，从水手服侧面露出的肌肤实在是白得过分了？

玻璃门打开时发出嘎吱嘎吱的声响。她叹了口气，拿出了放在柜子里的小提琴，凝望着它，似乎有些恐惧，随后轻柔地将它抱进怀里。

"请问，你怎么了？"

我当时不该和她搭话的，我应该让她尽情抚摸那把小提琴。

"不，我没事的。"

她惊得抖了一下，慌忙把小提琴放回柜子里。琴弦似乎碰到了哪里，发出一声好似小鸟悲鸣的弦响。

餐后甜点是涂满鲜奶油的草莓蛋糕。男人随意把纸巾揉成一团，搁在桌上。纸巾已被酱汁染脏。

"还能吃的话，你把爸爸这份也吃了吧。"

那一瞬，一股寒气从我们之间吹过。爸爸……这个词在我耳畔扭曲地回荡着，久久不散。我担忧地望向旁边。她只顾埋头吃自己那份蛋糕，嘴唇因奶油而显得润泽。

"不，不必了。"她回答。

回程没有坐地铁，我们两个人一起走在街上。经过地铁口，她也没走下台阶，只是迅速地往前赶。

"我开车送你吧。"男人说了很多遍这句话。他的车停在店门口，是一辆被擦拭得锃光的黑色汽车。但她郑重地拒绝了他的提议。

我们大概走了五站路，在走回我们熟悉的街景前，她一句话也没说。她一手抓着挎包带，双目直直地盯着前方，走得飞快。她没咳过一声，没叹过一口气，她唯一发出的声响，就只有脚步声。

她可能生气了，我暗暗担心。特地陪她一起过来，我却没起到一点作用，只是不停地吃菜，没尽力去调节场上的气氛，也没能帮她振奋起来。

我跟着她的步伐，估摸着我俩之间的距离，既不会触碰她，也不过度疏远。我脑袋转个不停，想搜刮出一些补救的话，可最终一无所获。

不知不觉间，太阳开始西斜。每次抬头眺望，晚霞的颜色就更浓一分。在公园里玩耍的孩子们跨上各自的自行车，从我们身旁骑过。某家传出电视的声音。野猫跑过小巷，露出一截尾巴。吃不惯的法餐和沉默的块垒堵在胸口，害得我喘不上气。

明明无风，她的长发却优雅地飘逸着。每当长发扬起，我都会看到她的耳朵。那耳朵同她水手服侧面裸露的皮肤一样，白得通透。她耳朵的轮廓和那个男人一点都不像。

她猛地停下了脚步，没有任何预兆，好似发条突然断掉一般，站定在原地。

"我送你回家。"我说。走了太多的路，我感觉脚趾生疼。

"谢谢你。"她抬头看着我说道，沙哑的嗓音令那声回答听上去十分缥缈。

我们俩并肩坐在一栋旧建筑的台阶上。斜前方是理发店，再对面是托儿所，远处是一座小山岗，上面有一片果园。街上不时开过一辆摩托车，或走过一位遛狗的老人。没有什么打扰到我们。

"稍微休息一下吧。"

"是啊，你说得对。"

她抻了抻裙角，以免打褶。裙子柔软的布料轻抚过我的裤子。她的侧脸仿佛要沉入暮色中。我冒汗的背脊有些发凉。

"你妈妈在哪里住院？"

"中央医院。"

"那我下次去看望她。"

"真的？太好了，她一定会高兴的。她一直都很寂寞。"

蚂蚁在我俩的鞋子之间爬动。水泥台阶坚硬而粗糙。

"我妈妈……"她抬眼望着我说，"是个打字员。"

"噢，是吗……"

"而且是个特别优秀的打字员。不管是商业文书、论文，还是会议资料，她都是全公司打得最快最准的那个，还在比赛里拿过金奖。"

"很厉害啊。"

"她的手指长长的，很秀气，打字的样子自如又优雅。"

"你的手指也很漂亮。"我盯着她膝头上的手说道。

"其实比起打字机，我更想弹奏乐器。我想我一定能弹出很美的旋律。"

我想起了音乐教室里的那声弦响。那声音一直萦绕在鼓膜旁，未曾消散。

"对了，你知道吗？这里以前是家邮局。"她倏地站起身，似乎要打断我耳边的弦音，"那是很久以前，我们还读幼儿园的时候，这里曾经是一家邮局。"

的确，大门上残留着褪色的印记，挂在门上的招牌也完全锈掉了，仔细辨认，隐约能看出"邮局"的字样。

"哇，快来看看。"

她一面透过大门的缝隙向内张望，一面喊道。我第一次听到她发出这么雀跃的声音。

按她说的，我也向门内看了看。室内幽暗，我起初并没看清，眨了几下眼后，里面的样子才显现出来。

"好厉害……"我嘀咕道。室内满是黑乎乎的球状物体，密密麻麻地堆到了天花板。

"是奇异果。"她说。

"奇异果？"我重复道。

"咱们进去看看吧。"

"可门上着锁。"

"没关系，把锁破坏掉就好了。"

她捡起脚边的石头，冲着缠在门把手上的锁砸下去，响起猛烈的声音，门玻璃被震得哗哗直响，合页眼看要脱落了。然而她丝毫没有畏怯。平日永远一副歉疚模样的她，此刻正大大方方地砸着锁。

推开大门，走进屋内的瞬间，我们长长地倒吸了口气。那的的确确是奇异果，就是在超市里贩卖的那种普通的奇异果。不过，眼前的景象却诡异得令人目眩。

我们俩蹑手蹑脚地走进去，屋内面积约有二十叠[1]，里面乱糟糟地摆着陈列架、桌子、纸箱和削笔刀。从我们面前的前台、干涸的红印泥，以及落满灰尘的包裹秤，还可以看出往日邮局的形迹。

除了这些以外，奇异果占据了剩下的所有空间。从房间深处的黑暗，再到我们脚边，奇异果无处不在。

吸气的时候，能闻到一股酸酸甜甜的味道。她无所

1　叠为日本一种常用面积单位，1叠约合1.62平方米。——编者注（后文若无特殊说明，则统一为编者注）

畏惧地走过前台，走进房间深处，拿起了一颗奇异果。万一成山的果实突然崩塌，把她压倒怎么办？我急忙跟在后面。

所有果实都是那么新鲜，没有任何一颗破损或腐烂。果肉绵密，果皮紧致，果皮上的软刺略有些扎手。

"看起来是不是很好吃？"她说，"不管怎么吃都吃不完。"

没有剥皮，她直接咬了一大口。牙齿磨碎果肉的声音随即冲进我的耳朵。

她一颗接着一颗地吃起了奇异果，像是个饿坏了的小孩，又像是个呕吐的久病老妇，大口大口地咬着。那熨烫整齐的罩衫，那漂亮的手，全被弄得黏糊糊的。

我只能默默地守着她。我能做的，就是在她身边等待着，陪伴着，直到哀痛的发作结束。唇角溢出的果汁，眼泪似的打湿了她的脸颊。

那个不可思议的星期日已经过去二十多年了。转天的星期一，她又和平时无异，恢复了不起眼的模样。我们再未有过亲近的交谈。

刚放寒假，她的母亲就去世了。我没能履行看望她母亲的诺言。她没有念大学，而是进了一所专门学校学习烹饪。据说她专攻的是西点。毕业以来，我再没机会见到她。那一天，还有那次在音乐教室的邂逅，一并沉入了记忆之海的最深处。

唯独有一次，我们通了电话。那大概是毕业后五六年的某天，我在报纸上看到那男人的讣告，不禁想起了她。我翻开同学录，给她工作的洋果子店打了电话。

"那时没有好好谢谢你，真对不起。"

"没关系，倒是我，一点忙都没帮上。"

"不，多亏你在，帮了我很大的忙……我真的很想好好向你道谢，我发自内心地感谢你。但是，我当时……"

电话的那头，她哭了起来。我知道，她不是在为那男人的死而悲伤，而是那一天她本该在邮局里落的泪，如今才流了出来。那是从遥远记忆的一点出发，静静抵达此刻的眼泪。

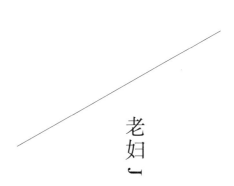

老
妇
J

新搬的房子位于小山的山顶，视野相当好。从一楼的房间眺望，能看到呈扇状铺开的城镇，以及更远处的大海。这房子是相熟的编辑介绍给我的。

小山的山坡是一处果园，种了少量的桃子、葡萄和枇杷，剩下种的几乎都是奇异果。那果园据说归房东 J 太太所有。J 太太是一位年老的独居寡妇，并不亲自打理果园。不过也没见她雇过什么人，整座小山一直都很僻静。但植物长得都很好，总能结出漂亮的硕果。

尤其是奇异果，沉甸甸的果实压弯了枝条。在强风吹拂的月夜，那些奇异果树就如同成群的暗绿色蝙蝠，摇撼着整座小山，让观者不由得担心它们会在某一刻齐刷刷地振翅飞走。

我常常好奇，这些果实平时由谁来打理，谁来采摘。

突然有一天，我发现有一片奇异果树的果实通通消失了，没多久，树上又开始结出小小的果实。或许是因为我总趁夜色写作，睡到临近中午方醒，所以才没见过在果园工作的人。

房子拢共三层，设计呈 U 形，中间是宽敞的庭院。庭院正中有一棵高大的桉树，将炎炎日光过滤得十分柔和。J 太太将这里当作菜园，种了番茄、胡萝卜、茄子、芸豆和辣椒等。她似乎会把收获的东西分享给自己喜欢的租客。

隔着庭院，我住处的正对面就是 J 太太的房间。她的房间掉了半边窗帘，但一直不见修补的意思。我在写字台前抬起头，正好能看到那扇没有窗帘的窗户。

仅凭我透过窗子观察到的来看，J 太太平日里过得很简朴、平淡。我大多在午饭时分起床，那时的她往往一边在瞧电视，一边懒洋洋地嚼着饭。吃漏了嘴就用桌布或袖口抹一抹。之后就做做针线活，刷刷锅，歪在沙发上打个盹，诸如此类。当我开始投入工作，她已经换上磨旧的睡袍，钻进了被窝。

她有多大年纪了？看上去早过了八十岁吧？她走起路来踉踉跄跄，脚下已经不稳了，经常不是撞到椅子，就是碰倒桌上的杯子。

唯一值得一提的，就是那个菜园。浇水也好，立桩也罢，抑或用镊子夹走害虫，在菜园里劳动的 J 太太看上去很是愉快。一到收获蔬菜时，庭院里就会回荡起惬意的剪刀声。

我第一次得到 J 太太送的蔬菜，是因为一只野猫。

"你们这群家伙，真够调皮捣蛋的！"

J 太太骂道，手里挥舞着铲子。只见一只和 J 太太老得不相上下，貌似患了皮肤病的野猫朝果园的方向逃走了。

"在周围弄些松叶就好了。"

我推开窗对她说道。她往我这边走来，仍是一脸怨气。

"把我辛辛苦苦种的种子都翻了出来，拉屎又臭，还喵喵直叫，真拿它们没辙。"

"在园子周围放些松叶，猫就不会靠近了。"

"为什么光往我这里来啊！真受不了那些猫毛，我因为过敏，喷嚏打个不停。"

"猫不喜欢尖尖的东西，所以找来些松叶……"

"说不定有人在偷偷喂它们呢，你要是哪天看到了，也帮我抱怨抱怨吧。"

J 太太一边说着，一边从后门走进我的房间。

大骂一通之后，她似乎难抑心中的好奇，环视起我凌乱的写字台、放餐具的橱柜，还有窗台上的玻璃摆设。

"你是小说家，是吧？"

她口齿不清，"小说家"三个字的发音对她似乎有些难度。

"嗯，是的。"

"写写东西蛮好的，很安静。过去这里住了个搞雕刻的，可要命了，咣咣地凿石头，害我落下了耳背的毛病。"

J太太点了点自己的耳朵，又转悠到书箱前，手指从一本本书的书脊上滑过，念起了书名。不知是眼神不好，还是不认识字，她念出来的书名全不着边际。

J太太身体瘦得不成样子，头发稀稀疏疏，额头生得很窄，下巴却又长又尖。她的眼间距很大，鼻梁又低，所以面中有一片不自然的留白。每说一句话，她的假牙就仿佛要掉下来，发出骨与骨摩擦的声音。

"您先生是做什么的？"

我问道。

"他可配不上'先生'这种叫法，就是个酒鬼而已。我全靠这里的租金和做按摩师的钱，凑合着过日子。"

看够了书箱后，她又对文字处理机下手了。她像是在触碰什么危险的物件，敲了两三下键盘。

"结果他还拿我的钱去赌博，所以才不得好死的。喝得烂醉，跌进海里，就这么失踪了。"

"方便的话，您下次可以为我按摩一下吗？我整天坐着，肩膀都僵了。"

我怕J太太会一直唠叨她丈夫的坏话，赶忙换了个话题。

"啊，好啊，你随时和我说，我这双手还算宝刀未老。"

J太太说着，掰响了手指。她骨节发出的巨响让我担心是不是真的骨折了。离开时，她送了我五颗刚摘的青椒。

第二天醒来，我发现院子里已经铺满了松叶。除了种菜的地方，从桉树脚下到库房周围，全都覆着松叶。

"为什么要铺松叶呢？"其他租客问道。

"为了赶猫，猫讨厌松脂的气味。以前我还是个小姑娘的时候，我奶奶告诉我的。"

我听到J太太得意地回答道。

她真有"还是个小姑娘的时候"吗？我总觉得她自打出生就一直是个老太婆。

某天晚上，J太太家难得来了客人。那是个魁梧的中年男人。当时天上挂着一轮橙色的满月，将那扇窗户里照得格外清楚。男人在床上躺倒，她跨坐其上。

一开始，我以为 J 太太在绞男人的脖子，因为她的动作全然不似往常，看上去机敏而有力。她双腿稳稳地控制住男人的身体，双手卡住颈部要害。床上的男人似乎在逐渐萎缩，而她仿佛正通过指尖不断吸取对方的能量，一点点膨胀起来。

按摩持续了很久。松叶的气息融于黑夜，四下飘散。

之后，J 太太常到访我的房间。我们喝喝茶，聊起膝盖的积液、价格涨得离谱的煤气，还有过热的天气，然后再道别。我不想和房东的关系变差，所以尽量有礼节地招待。每次来访，她都会送给我比上一次更多的蔬菜。

她还热心地开始帮我代收信件和包裹。

"有人给你寄来了这个。"

某天我回家后，还没来得及放下包，J 太太就找上门了。从她的房间望过来，我这里也是一览无余。

"今天白天，快递公司的人送来的。"

"谢谢您。哎呀，是朋友送的虾夷扇贝。您喜欢吃吗？不嫌弃的话，我分您一些吧。"

"啊，那可太谢谢了，虾夷扇贝可是高级货呢。"

打开包裹的瞬间，我登时感到非常恶心。扇贝已经全部腐烂。蓄冷剂早就化了个干净，一点冷气都没有。我用刀撬开贝壳，内里的肉和内脏已经变成浑浊的液体，黏糊糊地流了出来。

我仔细检查了货签，日期是两个星期以前。

"喂喂，你过来一下，看看这个。"

有一天，J太太突然大喊着跑进了我家厨房。

"怎么了？那是……"

我正在准备晚饭的土豆沙拉。

"是胡萝卜，胡萝卜。"

她自豪地把手里的东西递到我眼前。

"哎，这形状真奇怪。"

我停下了压土豆泥的动作。那胡萝卜的形状的确特别，长得好像一只手掌。

那胡萝卜长了五根手指，大拇指最粗，中指最长，圆鼓鼓的，像是小宝宝的手。而且其形状非常自然，整体浑然天成，连上面的叶片都像是特别定制的装饰品。

"这个，我送你。"J太太说。

"可以吗？把这么稀奇的东西给我。"

"没事的，我收获了三根呢，专门送你一根。要对别人保密啊，说不定有人会忌妒呢。"她把嘴唇凑近我的耳畔低语道。一股潮湿的气息扑到我的耳边。

"哎呀，你在做土豆沙拉？这里有胡萝卜，不是正好嘛。"

J太太笑得开心极了。

我有些迷茫，不知该从哪里下刀。胡萝卜身上还残留着阳光的温度。我用水清洗掉上面的泥土，胡萝卜皮显现出鲜红色。

先在五根手指的根部落刀吧，这样比较合适。一根接着一根，胡萝卜手指滚过案板。那一晚，我吃的是加了小拇指和食指的土豆泥沙拉。

那天的风很大，过了半夜都没有停下的迹象。狂风在高空打旋，猛烈地吹打着山坡。不论怎么锁紧大门，屋内仍能感到奇异果树的摇撼。

我在厨房里朗读着写好的稿子。在完成阶段出声朗读是我的创作习惯。不过在那晚，我可能是因为恐惧奇异果树摇动的声响才这么做的。

我不经意地望了眼水槽那边的窗户，突然发现果园里有个人影。在被黑暗笼罩着的果园里，有人正沿着陡斜的坡面往山下疾驰。我只能看到背影，但可以看出那人正抱着一个巨大的纸箱。在风声暂息的间隙，还能听到踩踏草地的脚步声。

那人从山坡一直冲到马路上，身影被路灯照得清清楚楚。没错，是 J 太太。

她头发倒竖，挂在腰间的汗巾在风中招展，似乎就快脱落。纸箱看上去颇有分量，底部已被压得变形。就 J 太太的体格而言，这纸箱显然太大，可她丝毫不显吃力。她目视前方，腰杆笔挺，步伐非常稳健，仿佛已经和纸箱合二为一了。

我靠近水槽，凝望着那景象。风吹得更猛了。她停下脚步，踉跄了几下，立马又找回平衡站定。奇异果树发出的响动越来越喧嚣。

J 太太走进山脚下已经被封闭的老邮局。散步时，我偶尔会路过那里，但并不清楚它现在作何使用，也不知道那里是否也属于她。

等她回到自己的房间时，东方的大海已经开始转变色彩。她一副如释重负的样子，脱掉衣服，漱了漱口，梳理了头发，然后换上了平时的那件睡袍。

她又是原本那个老迈的 J 太太了。光是从洗脸池移动到床边，她就两次撞到家具，给睡袍扣扣子时也很费力。

我再次朗读起来。手心的汗水濡湿了稿子。

从那以后，手掌形的胡萝卜越来越多。分给住在房子里的所有人后还有富余。样子也五花八门，有的纤细如钢琴家的手，有的粗壮如樵夫的手，有的肿胀，有的多毛，有的生了痣……

J太太认真地采收这些胡萝卜。她一点点挖开土壤，小心拉拽叶子，不敢让胡萝卜少了一根指头。之后拂去上面沾染的泥土，对着太阳光端详它的形状。

"你真是僵得厉害啊。"

J太太说。我想回应她，但全身都被她控制，只能哼唧几声。

按她的要求，我脸朝下埋在枕头里，趴在床上。她伏到我身上按摩时，力道大得出乎我的意料。我感觉自己好像被一条铁打的毛巾裹住了。那力量简直能扰乱人心。

"你整天净坐着，这样可不好。你这块儿的肌肉都僵住了，像个瘤子一样。"

她用大拇指按压着我脖颈上的一处，指尖深深陷进我的肉里，痛得我脖子一动也不能动，甚至全身都动弹不得。

她的手指冰冷，我感受不到皮肉的触感，简直与一截白骨无异。

"这个疙瘩得按开才行，不然你会一直僵下去的。"

床在吱呀作响，脚边的毛巾掉了，J太太的假牙发出咔嗒声。

再这么下去，她的手指可能会戳破我的皮肤，分裂我的血肉，碾碎我的骨头。我想大喊，枕头已经被口水打湿。

"你不必客气，咱们这交情，我给你好好按按。"

J太太用巨大的力量紧紧锁住了我。

"来，二位靠得再近些，笑得自然点。"

报社的记者举着相机大声说，声音在房子里回荡，估计是以为J太太耳背吧。

"啊，把胡萝卜举得高一点，抓着叶子的地方，把五根指头都露出来。好，没错，就这样。"

我们被要求站在菜园的正中间。记者每次走动都会踩到松叶上。其他租客都透过窗户探头观察，好奇发生了什么。

我努力想挤出一个微笑，但不是很成功。阳光过于刺眼，连睁眼都困难。嘴、手、眼各顾各的，显得十分笨拙。加上之前那次按摩，我浑身上下都在作痛。

"请二位摆出正在交谈的姿势，别太僵硬了。胡萝卜还得对着镜头，它可是主角啊。"

J太太用心打扮了一番。为了遮住少得可怜的头发，她在头上包了条丝巾。她涂了口红，穿了一条长及脚踝的连衣裙。鞋子也不是平时的凉鞋，而是换了一双造型古旧的高跟皮鞋。

可是，头上的丝巾反倒凸显了她脑门的狭窄，口红涂到了嘴巴外，连衣裙和皮鞋又和胡萝卜格格不入。

"请把我拍得好看点，我活到这把年纪，还是头一回上报纸呢。麻烦你了。"

J太太大笑起来。她喉咙抽动，声音沙哑，脸上的皱纹十分扭曲。第二天，报纸的地方版块出现了一篇报道，说："发现神奇的胡萝卜！老太太的家庭菜园出现大量手掌形胡萝卜。"

高跟鞋的鞋跟似乎陷进了泥土，J太太瘦削的身子有些右倾。她挺胸抬头，尽力摆出一副神气模样。她手里的胡萝卜是精挑细选出来的，形状和大小无可挑剔。明明笑了那么久，可照片却记录下她嘴唇歪斜的一刻，看上去显得有些怯懦。

她身旁的我也举着胡萝卜，勉强挤出了一个微笑。飘忽不定的眼神表露了我有多难为情。

被拍成照片的胡萝卜看上去更加怪异了，像长了恶性肿瘤后被切下的手掌。J太太和我拎着手掌，它们还是温热的，正滴着血。

"您见过她先生吗？"警察问我。

"没有，我最近刚搬来。"我回答。

"那您知道她先生去世的事吗？"另一个年轻的警察问道。

"嗯，说是喝醉了酒，跌到海里死了……不，抱歉，当时好像说的是'失踪'。我记不太清了，我们并不是很熟……"

我望向庭院。J太太的房间里没有人，只剩一侧的窗帘在风中摇曳。

"您有什么觉得可疑的地方吗？即便是很小的细节也可以，能跟我们说说吗？"

年轻警察倾下身，直视着我的眼睛。

"可疑，可疑，可疑……"我反复嘟囔着这个词，"有一次，我在大半夜看到她从果园跑下了山，还抱着一个看上去很重的纸箱，样子急匆匆的。她抱着纸箱跑进了山下的邮局，那是一个已经停用的旧邮局。"

警方立刻搜索了那个邮局。那里面是堆积成山的奇异果。把所有奇异果搬出来后，只找到一只患了皮肤病的野猫的尸骸。

很快，挖土机驶入庭院，开始翻掘土地。被碾碎的松叶散发出呛人的浓重气味。站在窗边围观的租客们纷纷捂住了口鼻。

当白骨被从菜园里挖出的时候，晚霞已染遍果园。尸检结果表明，白骨就是J太太的丈夫，死因是绞杀。J太太的睡袍上检测出了血液。

然而，即便整个庭院被掀了个遍，最终仍不见死者的两只手。

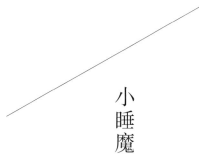

小
睡
魔

火车车厢内拥挤不堪，座位上坐满了人，还有一些人在站着。暖气似乎已经停了，双脚凉飕飕的。

车厢靠前的位置，坐了约三十名十岁左右的小孩，他们身穿统一的藏青色上衣，头戴贝雷帽。女孩的胸前系着缎带，男孩则扎着蝴蝶领结。带领这群孩子的男人正投入地读着一部厚书，不时抬起头，瞄一眼孩子们的情况。

火车停在原地已经快一个小时了。车内广播来回播放着同样的内容：铁路转辙器出现故障，还需一定时间才能恢复运行。

窗外下着不合时节的雪，铁路沿线的樱花已经含苞待放，飞舞的雪花却全无停下的意思。转瞬，天地已覆上一片纯白。

"不知道还能不能赶上妈妈的葬礼。"

我以不会被旁人听到的音量嘟哝了一嘴。看了眼手表，又伸手拭去窗上的雾气。我的指尖冰冷、潮湿，大雪不断落下，密得叫人喘不过气。

关于妈妈去世的消息，我还是从在出版社当手工艺杂志编辑的女友那里得知的。

"之前曾是你母亲的那个作家，她去世了。前天走的，突发心脏病……不知这算不算我多管闲事，如果你介意的话，我抱歉……"

为了不伤害我，她在很小心地措辞。

我十岁至十二岁的时候，她曾经做过我的母亲。我当时就和眼前这些戴贝雷帽的小孩差不多。那段日子已经过去近三十年了。最终，那成了我人生中唯一拥有母亲的时光。

我的亲生母亲生下我后很快就死了。据说她是因为抓破了鼻子里的脓疱，感染了细菌。

"鼻子不是离脑子很近嘛。"

父亲总是这么和我解释。

"所以啊，一定要小心，不然细菌一下子就会钻进脑子里的。"

我最害怕的，就是医院的耳鼻喉科。当那个前端微弯，明显比我的鼻子长出一截的银色管子插进鼻孔时，我总担心那管子不小心戳进我的脑子里。那种恐惧我一直不能克服。

关于亲生母亲，我一点印象都没有。所谓母亲，究竟意味着什么，我也不甚清楚。在那个人出现之前，我心中的母亲，就等于探进鼻腔深处的金属所引发的触感。

父亲的再婚对象，是一位在画材店工作的年轻女人。她只比我大十四岁。父亲是初中的美术老师，时常光顾那家画材店。

妈妈身材娇小，话也不多。在儿时的我看来，从脖子到指甲，从双膝到双脚，她浑身上下都是那么小巧。

"这双鞋也太小了吧。"

这是我对她的第一印象。当时，我对着摆在玄关的那双女鞋端详了很久。那是双很显品位的黑鞋，鞋跟很高，设计上颇契合成熟女性的气质，可又是那么袖珍，简直可以被双手包拢。

就这样，我们硬生生地开始了三个人的生活。大家都竭力去适应和习惯自己被赋予的新角色。不过我同时也懂得了，弦绷得过紧是会断的。最关键的是不磨蹭，行事机敏而遵循理性。如今想来也是不可思议，即便是十岁的孩子，也有着属于十岁孩子的理性。

父亲曾送过她一个七宝烧挂坠 [1] 做礼物。这是他在美术室隔壁的仓库做的，他称那里是自己的"作坊"。那个六角形的挂坠穿着金链，呈现出绿色、紫色、胭脂色和明黄色的光泽，颜色会随着欣赏角度的变化而变化。为了配上她纤细的脖子，挂坠也做得很袖珍。她一直戴着它，从不离身。

我喊她妈妈，她很开心。

"乍一听，感觉自己也成了大人呢。"她对我说。于是我便不停地喊她妈妈。

仅仅过去两年，他们就离婚了。但在我的记忆中，她一直是我的妈妈。某一天，我突然发觉自己记不起她的名字了，不由得慌了起来。我不好去问父亲，家里也没留下任何和她有关的东西。我焦急地在家四处翻找。再这样下去，我可能会把她彻底忘掉。想到这里，我害怕极了。

费了好一番工夫，我从抽屉的角落里找到了那个七宝烧挂坠。其颜色丝毫未褪，背面刻的就是她的名字。我松了口气，将它放回原来的地方。

1　七宝烧类似中国的景泰蓝，为一种传统的金属珐琅工艺品。

只有我俩时，她很少说话。我想，那不是因为她心情不好，而是为了不打搅到我。她不会硬找话题打探我，也不会强迫我听她讲些什么。我会有这样的感觉，是因为她每次都会热忱地倾听我说话，脸上始终挂着微笑。我们都很享受我俩相处时的那种沉默。

虽然寡言，但她又很爱自言自语。她准备晚饭时，我会悄悄在厨房观察她，时常看到她在嘀咕着什么。像是在唱歌，或是在背诵戏剧的台词，或是在对神明忏悔。

我竖起耳朵，努力去听清她在说什么，但从未成功过。一旦发现我，妈妈就立刻噤声了。接着，她就好似要瞒过去一般，故意发出些响动，叮叮当当地切起了菜。

闲暇时，妈妈常坐在餐桌边写东西。她将笔记本摊开，我本以为她会摆弄一下头发，收集一下橡皮屑，没想到她突然用铅笔写起了字。

"你在写什么？"

就算被我打扰，妈妈也全无愠色。

"写小说呢。"

不如说，她反倒很希望有我陪在身边。她注视着我这边，仿佛我的躯体中藏着什么崭新的语言。

"为什么要写那种东西呢？"

"因为我想写，仅此而已。不过，要对你爸爸保密哦。"

"为什么？"

"因为害羞。你爸爸才是真正的艺术家，对吧？"

父亲是艺术家吗？我不清楚。的确，他一直在自己的"作坊"里制作各种东西。但他做的，都是自己用的烟斗、我的铅笔盒、门牌、报刊架，还有狗项圈一类的物件。或许，妈妈相当喜爱那个挂坠吧。

每当父亲出差或夜里回家晚了，家里只剩我们两人时，妈妈就会来到我的房间，让穿着睡衣的我坐在椅子上，然后站在我跟前朗读写在笔记本上的小说。

说实话，她当时写了什么故事，我什么都记不起来了。或许那些故事对于一个十岁的孩子来说太难懂了。但妈妈一点也不在乎，她面对唯一的听众，坚持朗读着。

我记得她朗读时那低沉、有力的音色，和她那瘦弱的体格很不相称。此外还记得的，就只有纸页翻动时咔嚓的声响，以及她胸前晃动的挂坠，仅此而已。

睡觉的时间早已过去，可她却仍在读着。一旦视线落在笔记本上，她就绝不会抬起头。她偶尔会左右踱两三步，但绝不会远离我。我手放膝头，挺直身板，全力摆出一副端坐姿势。为了不流露一丝的不耐烦，小心地控制表情。

妈妈的声音渐渐变得沙哑了。语言的轮廓含混起来，每吸一口气，喉间就会颤抖，嘴唇也干涸开裂。

妈妈她，是不是哭了？我有好几次产生了这种错觉。沙哑的声音听起来溢满了悲哀。我祈祷这朗读能快点结束，不是因为觉得无聊，而是因为不忍看到妈妈伤心。

火车依然停滞不前。邻座的中年女人为打发时间，从手包里接连掏出各种小玩意儿。一开始是带画的明信片，接着是编织物，然后是橘子……像在变戏法一样，简直无所不有。眼下，她正在做杂志上的填字游戏。一有想法，她就用圆珠笔敲敲桌子，将答案填进格子里。

我对面并排坐着两位大学生模样的年轻女性。她俩都没化妆，打扮得有些老派而素朴。从刚才起，她们就在认真谈着什么。那是一场理性且淡然的讨论，但离得出结论似乎还为时尚早。一个假设会引出新的论点，在验证新论点时发现矛盾，便返回起点重新梳理，在这个过程中又遇到新的问题……如此反复，始终不见尽头。

她们似乎一点都不关心火车抛锚的问题。世界上真的存在这么值得热烈讨论的问题吗？我真想象不出。

那些戴贝雷帽的孩子都很乖巧，没有一个人吵闹或乱跑。领头的男人拿出糖果发给他们，他们就乖乖地按顺序领取，安静地舔起了糖果。

好像起风了，雪花在空中乱飞，相撞又落下。生着杂草的树丛、农户的屋顶、铁路旁的土堤，全都覆盖着一层雪。

和妈妈一起去动物园的那天，也下着这样的雪。除了我俩，动物园没有其他客人。售票处只坐着一位冷淡的姐姐。

为什么会在那么冷的天跑去动物园？对，是妈妈提议的。她下一部小说要写动物园，所以想去看一看。

我穿着衣领和袖口缀着人工毛皮的茶色外套，还戴着耳罩和手套，脚上套了两层袜子。我和妈妈牵着手，紧挨着彼此向前走。强风吹过时，我们索性贴在一起，努力扛住猛烈的大雪。

"要是有必须一见的动物，就告诉我，我会陪着妈妈的。"

"难得来一趟，咱们把所有动物都看一遍，好吗？"

大雪之中的妈妈看上去更瘦弱了。她外套下的肩膀似乎用力一按就会坏掉。她脚下那双长筒靴，看上去像是玩偶穿的小鞋。

或许是因为天太冷了，大部分动物都躲在室内，无论如何认真地寻找，都只能看到空空的围笼。

猎豹、孟加拉虎、美洲狮、骆驼、鬣羚、狮子……

我逐一念出那些名牌。就算不见它们的身影，我们依然会在它们的围栏外站定，倚着扶手，沉默着观察上片刻。

围栏内有漂着枯叶的饮水池，有沾血的碎骨，有风干的粪块。所有的一切都披着雪。

但是，我真正在意的，其实是身旁的妈妈。她观察得尽兴了吗？她找到小说中必要的元素了吗？我满脑子都在想这些，并估摸着移动到下一个围笼的时机。

犀牛、美洲驼、火烈鸟、鸵鸟、企鹅、北极熊……

仅有企鹅和北极熊看上去很精神，它们和眼前的雪景十分相称。企鹅不慌不忙地跳进池中，北极熊摇头晃脑地溜达着。雪落在它们的毛发上，变得透明，渐渐冻结。

食蚁兽、树懒、长臂猿、眼镜蛇、刺猬、鳄鱼……

逐渐地，我们即便面对空荡荡的围笼，却仍能想象各类动物生活在其间的样子。打着哈欠的老虎、抖着耳朵的美洲驼，还有伸手抓树枝的树懒。

"长颈鹿的脖子，怎么那么长？"妈妈一边拂去栏杆上的积雪，一边说道。

"是啊。"我回应道。

"你不觉得很荒诞吗？"

"荒诞"——我不太理解这个词的意思，只好含糊地点了点头。

"你想，多神奇啊，居然有那么长。而且就是长，却没有任何可取之处。既不像大象的鼻子，能用作洗澡的喷头，也不像食蚁兽的嘴巴，可以用来吃蚂蚁。"

"嗯，没错，是这样的。"

"我想，长颈鹿一定不是因为喜欢，才长了那么长的脖子。如果我是长颈鹿，我希望自己的脖子只有普通的长度即可。"

妈妈的语气里透着怜悯。

把所有围笼看了个遍后，妈妈给我买了甜筒。我们坐在长椅上吃完了甜筒。在冷得把人冻僵的天气里吃甜筒，如今想来很荒唐，可当时我却一点都不觉得有问题。妈妈摘下手套，从手包底下掏出钱包，哆嗦着冻僵的手，吃力地数着硬币。

甜筒上也落了雪，我一并将其舔下肚。因为过于冰冷，我没有尝出甜味。妈妈不时会看看我，为了不让她失望，我尽量摆出一副吃得美美的表情。动物的低吟不时会乘风吹进我的耳朵。

妈妈有没有写关于动物园的小说呢？到最后，我也没听她朗读过那个故事。

"亲爱的乘客，耽误您的宝贵时间，我们深感歉意。列车恢复运行还需一定时间，请您耐心等候，多谢配合……"

一成不变的车内广播还在播放着，车厢内叹息声四起。

"拖着长长的白尾巴飞过的星星，叫什么来着？"邻座的女人用圆珠笔顶着自己的太阳穴，询问道。

"那不就是彗星吗？"我回答。

"还差一个字啊。"女人掰着手指小声念叨。

"那肯定是扫帚星了。"对面的两个女大学生中的一个插嘴道。

"扫帚星……对，这样就对了！谢谢你。"女人开心地埋头填起了格子。

"别客气。"说罢，女大学生又回到和同伴的讨论中。

我曾经不相信妈妈会变老。记忆之中，她比现在的我还年轻得多，她的样子从未改变。但我真的清楚记得她的模样吗？我会不会觉得自己是在参加陌生人的葬礼？我感到忧心。

"貌似是被收报纸费的人发现的。那人听到屋里有电视声，却没人回应，就觉得有些蹊跷……"女友是这么说的。

"她似乎是抱着稿纸，趴在桌子上去世的。"

"她的心脏一直都不太好吗？"我问。

"我也不知道。这十年左右，她几乎没发表过任何作品吧？所以我们出版社里和她仍有交集的编辑老师也很少了。不过……"说到这里，她支吾了起来。

"没关系，不用照顾我的情绪，知道什么都告诉我吧。"我说。

"她好像是因为写不出作品，精神上压力很大。觉得她自己的小说被人抄袭了，或者有人趁她出门时摸进家里，偷走她的稿子……她摆脱不了这些幻想，闹出过好几次乱子。所以每次出门，她都会把稿子包好，随身带着。"

作为作家的妈妈，绝对算不上成功人士。似乎是离婚五六年后，她的作品曾在某一届新人奖上入选佳作，报纸用很小的版块报道了这件事。我碰巧看到那篇报道，便马上把那部作品找来读。那是一部不可思议的小说：有位在公寓庭院里种胡萝卜的房东太太，某天她挖到一根手掌状的胡萝卜，那胡萝卜长着五根手指，特别像只真正的手，后来人们在那片地里发现了她丈夫已经化成白骨、没有双手的尸体……

此后，她又出版过好几本书，但基本没引起什么关注。书店里，她的作品往往被孤零零地搁在书架的某个角落，很不起眼。但是我一定会将它买来，避开父亲，小心地藏进抽屉的深处。

我想象不出妈妈离开家的理由。她越来越频繁地自言自语，就算被我发现也不会停止，最后像台坏掉的录音机，整日不停地叨念。

"你真是个好孩子。"

最后那天，妈妈捧着我的双颊，这样对我说道。不知何时起，她胸前那个挂坠已经不见了。

"你这孩子比我要好得多，好得多。"

就像在大雪纷飞的动物园那天，妈妈的手很冰凉。

"开始吧。"

男人说道。戴着贝雷帽的孩子一齐起身，在通道排成两排。乘客纷纷把目光投向他们。邻座的女人合上杂志，两位女大学生也停止了讨论。孩子们叉开双腿，手背在身后，眨了眨眼。

"请欣赏，勃拉姆斯作曲，《小睡魔》[1]。"

男人语气庄重，他用笔代替指挥棒，挥手指挥起来。

---

1 《小睡魔》为勃拉姆斯根据德国民谣改编的摇篮曲，又被译为《小沙人》。——译者注

原本寂静的车厢内，气氛一下子活跃起来。澄澈的歌声从我们每个人的上方飘然而落，传递出超越人声的美妙。歌声透过耳膜，抵达遥远的记忆之泉，在水面掀起涟漪。这些孩子尚十分幼小，但他们似乎深晓抚慰人心的奥秘。

我为妈妈祈祷着，雪依然没有停下。

我收到一小箱遗物。里面有衣服、简单的饰品、记事本，以及稿子的断篇残章。我还看到一张被镶进画框的剪报，在长年日晒下，那剪报已完全变了色。

公寓的庭院内，一位老妇正在微笑。她身形瘦弱，头上缠着丝巾，正一脸得意地双手高举手掌状的胡萝卜。她旁边站着的就是妈妈。妈妈也举着胡萝卜，但并不显得煞有介事，反倒有些难为情，似乎颇感不安。那天应该是个好天气，妈妈眼睛眯着，似乎被阳光晃得睁不开，就像在哭泣一样。

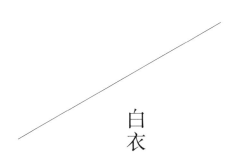

白
衣

"肾脏内科，短白衣一件；内分泌外科，长白衣一件；急救中心，短白衣一件……"

　　我一件件拿起第二会议室地板上堆成山的脏白衣，检查着口袋。我念出用马克笔写在领子里侧的科室信息，将白衣扔进推车。她坐在椅子上检查着名单，以便下周确认从洗衣房返还的白衣是否有遗漏。

　　秘书室的工作中，没有比这种分类工作更让人讨厌的了。气氛阴郁，卫生又差，偏偏洗衣房就在地下的太平间旁边。

　　通往地下的专用电梯是旧式的，顶棚很高，永远冷飕飕的。运行时还会发出咔嗒咔嗒的动静，令人不快。

　　电梯开门后，眼前仅有一道长长的走廊，狭窄到令人担心尸体能否正常通过。荧光灯沾满尘埃，浑浊地照着奶白色的墙壁。

推着塞满白衣的推车往前走时，我的后背在某一瞬间会忽然感到一股压力，仿佛后脊梁正被一只看不见的大手顶着。若任凭这手推搡，我不禁害怕自己会越走越快，使推车径直朝走廊深处奔去，一头撞开尽头的太平间大门。我们只得拼命稳住步伐，紧抓着推车把手。

"啊，真烦人，这种感觉最讨厌了！"她说。这条走廊是下坡路。在地下室，她的侧脸看起来如死人一样美丽。

我也不清楚自己为什么那么惧怕太平间。当我在秘书室敲着论文的时候，当我在休息室品尝奶油泡芙的时候，在医院的某间病房里，不是也有人正在死掉吗？

"皮肤科，短白衣两件；循环内科，长白衣一件；口腔外科，短白衣一件……"

工作远远没有结束。成山的脏白衣比起刚才一点没见减少。

"他今天下午应该在内窥镜中心吧。"她盯着名单说道。

"嗯，因为今天是周一嘛。"我回应。呼吸内科的值班表我早背得滚瓜烂熟。

"这里我一个人负责就行。如果你有事的话，可以……"

"没关系，我不是因为有事才说的。"她摇摇头，手指寻找着口腔外科的栏目。

她的恋人是呼吸内科的副教授。眼下，他应该正在为患者的支气管插内窥镜吧。

我又展开一件白衣，把它倒过来抖了抖。有东西顺势掉下来滚到了地上，撞到了推车腿。是颗李子，看上去像颗干巴巴的睾丸。

我已经不再去思考白衣的口袋里为什么会有这种东西了。此前，白衣的口袋里曾掉出过形形色色的物件：风信子的球根、揉成一团的吊带衫、红酒的软木塞、《圣经》、茄子蒂、避孕套、假睫毛……

这些东西被意外抛到了外面的世界，一个个羞涩又怯懦地蜷在第二会议室的地板上。

"昨天晚上他本来要见我的，可是他爽约了。"她说。

"大概有病人的情况突然恶化了吧，这种事不是常有嘛。"我捡起地上那颗李子，扔进垃圾桶。

"他之前去妻子的娘家提离婚的事了，我们说好要聊一下结果。"

副教授的妻子因为待产，在这个月回了老家。那将是他们第三个孩子，也是他们第一个女孩。这些都是她告诉我的。

"他还在编借口，说火车因为下雪动不了，既到不了他妻子家，也回不到我这里来，一直被关在火车里。谁会信这种话？现在连樱花都开了，怎么可能还下雪？"

"肯定不是在骗你啦，春天的天气本就变得快，突然下雪也不稀奇。你也可以给气象局打个电话问问。真要撒谎，拿患者当幌子不是更好？那样更真实，也更省事呢。"

我本来想安慰她的，但好像并没有什么用。

进入大学附属医院的秘书室工作时，听说要安排我和她一起搭档工作，我大松了口气。她的品格和素养都很好，一言一行非常稳重，对工作也有热情。而且她生得很美，几乎让人看不够。我想我会和她相处得很好。

工作时，她的美愈来愈盛。打字时专注的双眼格外清澈，打电话时从发丝中探出的耳朵也有着完美的轮廓。就连在复印会议资料时，她的手指也总能以最优雅的姿态在打印机上利落地舞动着。

不过最令我心动的，还是她为邮件封口时伸出的舌头。只是短短的一瞬，舌头从双唇间露出红红润润的身姿，轻快地舔过淡蓝色信封的边沿。

所以遇到邮件的打字任务，我会尽量留给她，为此我还费了不少脑筋。或是假装我手上有急事而抽不出时间，或是假装我的打字机突然出了故障。不过结果往往不遂我愿。

"一次也好，我真想用一下那个支气管镜。想到可以看到活生生的人体内部，多叫人兴奋。"

我试着转换话题，她只是含糊地点了点头。

看到一件有血污的白衣，上面是黏糊糊的发黑血迹。是谁吐上去的吗？是从肺里咳出来的吗？这位患者有多痛苦呢？我一边想着，一边将那件白衣放进推车里。

"我小时候被插过支气管镜，但我一点也记不清了。当时气管里卡了花生，差点就送了命。人类真是脆弱。"

她依然不发一言。我只得继续朗读白衣上的信息。没有窗户的会议室空气浑浊，混杂着药味和腐臭味。

她应该也去过内窥镜中心。功能训练室、灭菌材料室、动物实验楼、保洁间……他们会在这医院的各个地点幽会。说不定，副教授已经见过她的支气管了。

她的内里也和她的外表一样有魅力吗？黏膜带着鲜艳的红，温暖得令人沉醉。那些褶皱、凸起和凹陷，构成复杂的空间。齐齐招展的绒毛好似训练有素的臣仆，发出通往更幽深、更晦暗处的邀约。副教授继而将内窥镜探得更深。

她的工作方式完美得滴水不漏。无论遇到何种情况，她都不会被击垮。

资料若在二十页以内，她就用小号曲别针夹住，若是二十一页以上，就用活页夹固定。会议上喝的咖啡要配小包砂糖，招待客人的咖啡则要配方糖。信封上的收件地址要用圆珠笔写。打印手术预约表时页面要放大一半，然后张贴在黑板左上角、柜子侧面和休息室的门上。收到的礼物点心，会放在橱柜右侧正中间的一格。

只有十九张的资料绝用不到活页夹，预约表绝不可以放大至两倍，不用说，点心也不能放在最上面一格。对她来说，这样就是正确的。

刚入职秘书室没多久的时候，有位神经内科教授拿来一大堆学会上要用的幻灯片资料，里面有超过三十张复杂的柱状图表。期限是两天后。我和她开始分头誊写这些表格，把数值和字母输入电脑。

"表格要用508号贴签。神经内科的学会资料一直都用那个颜色。"她说道。508号贴签是素淡的灰色。我照她说的贴上。

教授看到完成后的稿件，只看了一眼就扔到了桌子上。有几页稿件散在地上。

"这东西用不了，这颜色在幻灯片上根本看不清楚。"

"非常抱歉。"

她先我一步开口道。我暗暗感慨,她道歉时的语气真是干脆利落、不卑不亢,但又真心实意。这种道歉方式,没人会不接受的吧。

"我已经被告知学会资料的图表要用 608 号,但我检查时出了疏漏。这位新人第一次用贴签,我本该最后再仔细确认一下的。这位新人是色弱。实在抱歉,今天之内我会把所有资料重做一遍。"

教授满意地离开了秘书室。

色弱?我一时半刻没能理解这个词的意思,但这个词听上去却有种别样的可爱。最终,我什么都没有说。

她当时确实说的是 508 号,我不会记错,因为那号码就和她的公寓房间号一样。我怎么可能记错她的住处呢?

做资料的时候,她也反反复复地检查了那些图表,在提交之前来回看了三遍,可她从未提及贴签的事。

608 号是鲜艳的蓝色,和灰色全然不同。

我捡起了散在地上的稿件。她命我自己改好资料,神情颇具威严。

"谁犯的错,就由谁负责。"她说。

我熬到半夜,把所有图表重新做了一遍。做完时,我头晕目眩，仿佛一头跌进了深不见底的蓝色池沼。

第二天一早，她把我做的资料当作她一个人的成果交给了教授。教授反倒很不好意思，提出要请客吃饭。被邀请的只有她一个人。

她永远是正确的，绝不会犯错。为了守住这个真理，我甚至可以是色弱。

"正要提出离婚的当口儿，好巧不巧，那人竟然就怀孕了。"

每次抖动白衣，就会扬起一片灰尘。这次掉落的是食堂的餐券，一张是意大利肉酱面的，一张是冰激凌苏打水的。

"你不觉得很奇怪吗？肯定是那个女人下的套，她肯定要捣什么鬼。"

她眼盯着名单，嘴里说个不停，看样子并不需要我回应什么。她在工作上做得无可指摘，可一提到副教授，就会乱了阵脚。

"每次我问起离婚的事，他就战战兢兢的。他这人平时可自信了。然后就开始找借口，每个借口都很完美：这次是孩子被小学考试搞得很紧张，下次是妻子先兆早产住院了，再下次是研究室有重要实验，必须集中精力，要不就是临近教授选拔，或者妻子患了妊娠中毒症，母子情况危急，再或者天上下雪……他的借口要多少有多少，一次又一次，永远都在敷衍我。"

我算准她讲话的间隙，念出白衣上的信息。她准确地在名单上打钩。

每一件白衣都又潮又垮，尽是褶皱和磨损。上面沾着的不只有血液，还有胃液、腹水、唾液、尿液和眼泪。白衣沾染了各种各样的液体，每种液体都有着独特的颜色，散发着独特的味道。身体里为什么会充溢着这么多不洁的液体呢？

"一旦开始撒谎，谎言就没个头了。"我说。这一点她应该很清楚。她的谎言可要比那位副教授高明多了。

"昨天晚上他才赶过来，那时都十点多了。他看上去累坏了，说自己在火车里被关了五个小时。可真正累坏的应该是我。我一动都不敢动，竖起耳朵生怕放过一点声响，就那么等着他。从早上开始准备的饭菜也已经冷透。外面越来越黑，我脸上的妆一点点花了。我等得忍无可忍，再等下去可真要发疯了。"

她将手指滑入发间，垂下眼帘。圆珠笔在桌子上滚动着。她的颈项很白，肩膀瘦削，眼周是睫毛投下的阴影。

"那个人是这么说的：'我在火车里一直考虑着，有某种看不见的力量拉住了我，告诉我现在还没到时候。所以天上才会下雪。我希望你能再等等。求求你，再等等吧……'然后和往常一样，我们抱在一起。我俩之间只剩下这些了。"

她被脱光了衣服。副教授的手指爬上了她的头发、皮肤和黏膜。真是难以置信。秘书室里的她是最美的。那个为信件封口的她，才是最美的。

"消化内科，长白衣三件；眼科，短白衣一件；脑外科，长白衣一件；儿科，短白衣四件。"

我提高了朗读的速度。可她却不再去检查名单了。那支圆珠笔还在桌子的角落里待着。

"为什么？为什么能心平气和地说出那样残酷的话？我已经等不了了，一天、一分钟、一瞬间都等不下去了。"

我自己标记起了名单，尽力模仿她的笔迹，仔仔细细地标好。

"所以我下手了。"

她语气冷静。

"所以我杀了他。"

哎？我把声音咽了回去。

我完全能想象出那场景。她手里的刀被打磨得闪亮，刀刃反射的光芒，将她的手指衬托得更加优雅。

副教授松弛的喉头显示了衰老的迹象，被她手中的刀刺中无数次。皮肤破裂，血液飞溅，消化液流了出来，可她未染上一点脏污。

　　我又展开了一件白衣。

　　"呼吸内科，长白衣一件。"

　　是副教授的白衣。我抖了抖它。口袋里掉出一只舌头，那只总在找借口的舌头。嘴唇、扁桃体、声带也接二连三地掉了出来。它们都还柔软，尚残留着一丝温暖。

心脏试样缝

"呼吸内科的 Y 医生，呼吸内科的 Y 医生，请您马上与诊疗室联系。"

从刚才起每隔五分钟，医院内就会反复播放同一条广播。Y 医生是谁？我站在医院的导览图前，研究着这份复杂的地图。中央病历室、冲击波疗法室、ICU、会议室、内窥镜中心……一个又一个陌生的词语跃入眼帘。

"Y 医生是谁？"

"是呼吸内科的副教授。"

"他怎么了？"

"今早起就没见他上班，医院正在找他。"

问讯处的女人有些不耐烦地回答我。我有点后悔，何必要打听这些？没准白白招来了这位小姐的厌烦。

"那个……请问心脏外科病房在哪里呢？"

为了抑制快速的心跳，我一字一句慢慢问道。总算问出自己真正想问的了。

"乘坐那边的电梯到六楼就是。"

她抬手指了指新病患接待处的对面，那里聚了群人。她食指上的指甲油脱落了一些。

我是个做包的工匠。在车站的后巷开店已有二十四年。

我的店面门脸很小，只有八坪[1]，但橱窗、桌台、穿衣镜、收纳架等一应俱全。当然，帷幕后还有我的工作坊。橱窗内展陈着聚会用的小包、鸵鸟皮手包和旅行箱。店里的假人模特装模作样地提着手包。因为多年都没动过，模特脸上凹下去的地方积了层淡淡的灰。

店铺二楼是我居住的地方，只有两间屋子，一间是厨房兼餐室，一间是起居室兼卧室。不过二楼的采光还是不错的。某个天气晴朗的冬日午后，我不经意间想起阳光会直射到仓鼠笼上，顿时慌了神。这种情况下，必须把仓鼠笼移到洗脸池下面，因为仓鼠很怕被太阳直晒。

一天的工作结束，晚上回到自己的房间，我脱下工作服，冲完淋浴后再吃饭，一切行云流水。长年独居后，

1　日本 1 坪约合 3.30 平方米。

我的生活变得越来越简单了。为某人清洗浴缸，更换浴巾，分切奶酪，摇晃沙拉酱……这些事我很久没有做过了。我做的一切都是为了我自己。要照顾这样微不足道的自己，真的无须费力。

相比起来，皮包的世界是多么丰饶！不论怎么端详，怎么抚摸一个包都不会腻。而我懂得制作它。我在脑中描摹一个包整体的模样，从五金的光泽到针脚的数量，我会把一切细节绘在纸样上。之后裁剪材料，一点点缝合起来。

就这样，一个包在我手中逐渐显露真容，而说起我胸中那份瞬间高扬的兴奋……不亚于将整个宇宙的真理彻底掌握在手中。

你或许会说，包不就是个放东西的容器吗？的确，毕竟一个包自己并没有任何期望。不期望完成更重要的任务，也不期望得到更多的爱。他们（或许该说"她们"）容纳下各样物品，委身于人类手中，仅此而已。那么严谨持重，又那么甘于忍耐。

吃过晚饭，我会端着泡了中国茶的杯子在窗边的沙发坐下。关掉室内的灯，望着楼下的街道，不时举起茶杯啜饮。

若能看到明月，那最好不过了。这是条萧索的街，路灯昏昏暗暗，月光因而格外醒目。照我的经验看，无论哪种皮包，在月光下的模样都是最魅惑的。

加班回家的人、陪酒的女人、醉鬼、情侣，各种各样的人从街上走过。他们都拎着一个与其人生相衬的皮包。有的皮包因里面物品的重量而变了形，把手沾上了污垢，包身还有两道不知在哪里划出的伤痕；有的包轮廓圆润，仿佛在凸显其主人的圆脸，皮革上留有似乎是雨水造成的痕印，包身各处都已褪色。

月光能映照出人们很多细微的表情。在他们从店前经过的短短时间内，我能尽兴品味他们的神态。

仓鼠在我脚边的笼子里踩着跑轮。仓鼠是夜行动物，我关掉电灯，仅让月光洒进来，也正好照顾到了它。它是不会叫的，只是偶尔发出"啾"的微响，连声音都算不上。那只是在打喷嚏，它从不会打破宁静。

走来一位拎着包的女人。她下意识地扭着腰，刚好露出了拎包正面的金属部件，扭曲的包带勒进了她薄薄的罩衫里。随后走过一位拿着波士顿包的女人。不知为何，她非常用力地攥着把手，看来包里是非常重要的东西吧。那包身的皮革仿佛要将皮肤融化，让女人的手指也一并嵌进去。皮包随着大腿每次碰到包身而晃动。但随即我又觉得，皮包的皮革似乎已经粘在了她的大腿上。

我饮了口茶。仓鼠把一粒葵花籽塞进了自己的颊囊里。白天我一直紧握针和锥子的手正突突地疼着。

只要客人提出需求，我什么包都能做，不管是装什么东西的包。假肢、尿壶、步枪、生鸡蛋、假牙……任何客人所希望的形状，我都能完美实现。

但是，听到那位女人的需求时，我畏缩了。那是我先前从未做过，以后应该也不会有人要求我做的一类东西。

"我想请你做一个装心脏的包。"女人说。

"什么？"我听得惊出声来，不禁怀疑自己是否听错了。为了掩饰心中的迟疑，我无谓地咳了几声，先请她落座。她把外套脱下，搭在椅背上，然后坐了下来。那是件与时节极不相称的厚外套，比她的体格明显大出太多。

她的动作很优雅。但那优雅令人感觉并非自然流露的天性，而是一种为吸引男人而故作的风姿。

"您是说……心脏？"我战战兢兢地问道。

"我听说这里什么包都能做。"她摘下墨镜，用长长的指甲敲了敲桌子。

"是的，当然。"为了平息心里的混乱，我故意慢吞吞地翻开了素描本，"您需要一个装心脏的包，对吧？"

"对，没错。"

她的声音令人印象深刻。那是一种蕴藏着寒意的，仿佛能一瞬冻住鼓膜的声音。

女人身形颀长，肩膀斜溜，并不适合背挂挎包。她头发长得可以遮住肩胛骨，发梢微微带卷。与她展现出的无畏态度相反，她那双细长的眼睛一直盯着桌面，并无看向我的意思。

我的迷惑迟迟无法消散。除了"心脏"这个词之外，她身上还存在着某些令我紧张的东西。

最初，我以为问题出在包上。女人的膝头放着一个鳄鱼皮手包，是高级货，但已经变形了，而且似乎用了错误的清洁剂，皮料不见光泽。它不单承受了粗暴的对待，还将主人的疲惫尽数显现。不同于其美妙的声线，这女人的品位我实在不敢恭维。

客人找我做包时，也会随身带着包。只要观察一下那些包，就能多少掌握客人的情况。

"太好了，已经有好几家店拒绝我了。"女人的坦诚令人意外。她撩了撩额前的头发，移动目光，参考起摆在架子上的皮料。

正是这时，我注意到她的左胸有一处不自然的隆起。

那不是乳房，是不同于乳房轮廓的凸起，仿佛有个大肿瘤由她左边锁骨和腋下之间冒了出来。右侧则与常人无异。也正因此，她的身体看上去有些不太协调。那处凸起就是她的心脏。

"我已经把能想到的一切都试过了。"女人说道，"丝绸、棉布、尼龙、薄膜、麦秸、和纸、塑料……全都不行。最大的问题是保温，一冷人就会没命。然后是分泌物，像丝绸、棉布、和纸这类东西，会立刻把心脏表面的分泌物吸光，让心脏迅速干掉。塑料薄膜又封得太闷，上不来气。"

她的心脏生来就长在体外。可就算她解释了，我还是想象不出那是什么景象。总之，原本应该长在体内的心脏，此时正挂在她的皮肤之外。

所幸心脏的功能一切正常，只是不加保护地裸露在外。一不小心撞到，或是暴露而出可就糟了。所以，我需要找些其他东西来代替人类的脂肪、肋骨和皮肤，保护这颗心脏。

严格来说，这其实不该算是一个包。至少它和我之前做过的所有东西都不一样。但仔细想想，若将包看作收纳某物、陪在人们身边的物件，那她想要的东西其实完全符合这个定义。

"那么，我想海豹皮会非常合适。"我从架子上取出一张样品皮料，"海豹生活在寒冷的大海，这种皮保温和保湿性都很好，质地柔软而坚韧，而且很容易保养，用清水洗洗就好。"

"的确很适合心脏呢。"

女人拿起那张皮，一会儿摸摸，一会儿翻来检视，一会儿用力拧了拧。

"形状可能有些复杂，有点像单边的胸罩，但必须比内衣结实才行。还要注意，如果皮包本身损伤了黏膜就糟了。你能明白我的意思吗？"

"是的，当然。您有什么需求请尽管提出来。"

我随手在素描本上画着线条。虽然此刻脑子里什么想法都没有，但我不想失去她的信任。

"必须是正好裹住心脏的大小。太大了不行，晃晃荡荡的话会损伤黏膜，太小了会影响血液循环，那就更糟了。总之就是要刚刚好。"

"嗯，您说得没错。无论什么样的包，我最重视的就是合适。"

"太好了，看来我们意见一致。"

女人第一次露出了微笑。她跷起二郎腿，摆弄着手里的墨镜腿。每当身体晃动的时候，胸前的隆起便跟着抖动，仿佛胸口趴着一只温顺的幼猫。她的左臂几乎不动，似乎是在护住那处隆起。那件厚外套应该也是为了保护心脏才穿的吧。

"难点在于为了让静脉和动脉通过，必须留出洞口。这可不是个简单的口袋，要找准位置，得先试着粗缝一下吧。之后再穿上一条带子，方便挂在脖子上，就算大功告成了。"

也就是说，我必须直接看到她的心脏？想到这里，我不禁慌了起来。我还从没见过活人的内脏。并不是单纯觉得恶心或恐怖，而是因为我产生了一种被无缘由的甘甜气息所萦绕、手心不自主地微微冒汗的感觉。

女人毫不迟疑地脱下罩衫，解开内衣。她的动作就好像没当我在场一般。我成了侍奉贵妇的奴仆。

我没有像往常一样选择工作坊，而是把她带到二楼的起居室。我拉上窗帘，把仓鼠笼挪到了洗脸池下面。仓鼠此刻正沉沉地睡着。

首先令我讶异的是它的跳动。刚才在交谈时，我脑海中的心脏不过是一个静静挂在她身上的物件。

可是，那心脏正依着节律，一刻不停地咕咚咕咚收缩着。暴露在我面前的它，似乎有些羞怯。

我能清晰地看到血管里血液流淌的模样。不知为何，那血液并不是红的，而是透明的。血液顺着细细的管道，消失在她的身体里。

因为如此奇异的构造，左侧的乳房要比右侧的下垂一些，稍稍有些走形、凹陷。但肌肤仍有着年轻女性特有的细腻和弹性。乳头的形状非常端正。眼前正是女性裸露的前胸，我却没有被勾起任何欲念。我不想用指尖去触压隆起的胸部，也不想凑上去含住那乳头。相反，我更希望那对乳房都变成心脏。

她的心脏覆了层温热、潮湿的淡粉色薄膜，小巧得一只手就能捂住。轮廓完美而协调，肌肉十分柔韧……这是何等的美，简直使我窒息。

如果用双手覆住那层薄膜，手掌一定会被打湿吧。稍稍用点力的话，薄膜说不定就会破裂。这样我就会直接抚摸到内里的肌肉。它会在我的手中收缩，在我的爱抚下扭动。我的指尖不会放过任何微小的沟壑、曲线和凸起。我要玩味它的全部，用嘴唇去描摹那些血管。一种柔软的黏膜，就该适配另一种柔软的黏膜。血液的流动，会传导到唇上，稍稍一抿，说不定就能断开血管。多想沉浸在那瞬间的触感之中。为了压抑自己的欲望，我要把这颗心严密地封闭起来。

"我先去给手消个毒。"我小心地说着，努力不让声音发抖。

"拜托了。"女人面无表情地回答。

仓鼠被脚步声惊醒了，但它只是伸了个懒腰，就又蜷成一团。

我仔仔细细地洗了手。就像电视上的外科医生一样，抹上肥皂，起泡后用刷子，从指甲到指间，从手腕到手肘，把每个部位都刷洗了一遍。仿佛在准备一场神圣的仪式。

究竟该从哪里下手呢？我呆呆地站定不动。眼前就摆着一颗心脏。女人双手下垂，挺直后背。脱去衣服后，她的溜肩更加显眼了。或许这是因为心脏本来的位置成了空洞，肋骨随之凹陷后影响到了肩部。

她右肩肩头长了一粒痣，锁骨轮廓清晰可见，身上没有一点多余的脂肪。我本来只想盯住心脏，但心心念念之下，反而不能直视它了。

为了离心脏更近些，我单膝跪地。我突然感觉自己在她面前变得渺小了。随后我拉开卷尺，测量心脏的尺寸。最宽处、最窄处、纵长、厚度、动脉与静脉的直径，还有血管处的间隔。对这样复杂的形状，要测量的细节何其之多。我尽量不去碰触它，将全部注意力集中在指尖的活动上。我心里很担忧，生怕卷尺不小心碰到后，会粘在黏膜上剥不开，还怕有细菌钻进去，减弱心脏的搏动。

"你放心碰它，不要紧，心脏的肌肉其实挺结实的。"女人说。

此刻，她似乎察觉到了我的感受。将心脏展现给他人，对她来说应该并不是件常事。可是，她却没有表现出丝毫的惶恐，也不见警惕和羞耻。

那颗心脏仍然十分羞怯。每一次泵出血液，血管便会颤抖。凑近观察，可以用视线描摹表面浮凸的肌肉纹路。那是神秘的暗号。

一不留神，我的指尖触到了它。一切就发生在瞬间。

它好温暖。我从未触碰过如此温暖的东西。那温意迅速从指尖涌入，包裹住我的全身，令我彻底沉醉其中。

卷尺跌落脚边。

"抱歉。"

我发现自己的声音沙哑了。我捡起卷尺，女人没有说话，一动不动。指尖的触感仍未散去。仓鼠似乎醒了，传来了它喝水的声音。

女人在一家名叫"R"的酒吧当歌手。第一次试样后，我曾偷偷去过那家酒吧。

我是第一次在皮包店以外的地方见客人。我从不和客人聊多余的话题。除去皮包的事，不和客人建立任何联系是我的理念。

不过请允许我解释一下，我并不是为了见那位女人而去酒吧的。我想见的是那颗心脏。我想知道，那颗心脏是以怎样的姿态出现在外面的世界的，又会受到外界怎样的对待。

酒吧比想象的更加宽敞，气氛安稳。我松了口气，在这种环境，应该可以在不被她注意的情况下观察到心脏。随意摆放的圆桌在烟酒的浸染下黑得发亮，木地板上尽是划痕，到处都散落着花生壳。正面左手边摆了一架大钢琴，她就站在钢琴旁。全场仅有的一束橙色灯光落在了她的身上。

我坐在角落的桌边，点了杯啤酒。我不太会喝酒，所以其实点什么饮料都无所谓。服务员往盘子里撒了一把花生。

女人身穿一条富有光泽、质地丝滑的紫色长裙，腰部以下是收紧的贴身设计，上身套了件立领的披肩。披肩上绣着许多亮片，在灯下熠熠闪烁。

这身装扮很好地掩饰了她胸口的畸形。或许是披肩鼓起的形状和璀璨的亮片使然，她的身体看上去没有任何不协调和不自然之处。

大部分桌旁都坐着人。大家静静地喝着酒。这些人里，有多少人知晓她的秘密？我小心地环视四周，似乎没有一个人在注视她的心脏。

无论用什么样的服装遮掩，都骗不过我的眼睛。就在她左胸的某处，生着那团柔软的东西，隔着披肩我也能感受到它。身体线条微妙的偏移，左腕略显生硬的动作，都昭示了它无法掩饰的存在。

和初次见面时听到的声音一样，她的歌喉令人印象深刻。她唱的这首歌叫什么？我不知道。不过应该是首情歌。她的表情、握着话筒的手指，还有摆动的腰肢，都在挑拨着感官。她原本想穿的，应该是一条更能凸显胸部轮廓的裙子。这身带披肩的装扮，让我联想到了修女。

歌曲渐入佳境。她双眸半睁，抬起下颌，摇动肩膀。白色的颈项露了出来，喉间正因发声而颤抖。那颤抖带动锁骨，传递至心脏。或许是担心心脏痉挛，她的左手捂在胸口的位置。

在她歌唱时，那心脏应该也在不间断地收缩着，绝不会停下。如果从正面抱紧她会发生什么？就像彼此深爱的恋人一样，不留一丝空余地紧紧搂在一起。任骨骼撞击骨骼，喘息变得困难，哪怕疼痛奔流而过，也要无所顾忌地相拥在一起，会如何？

心脏会破碎掉吧。可悲的团块将迸裂，化为粉末的肉屑在胸口四溅。薄膜绽开，血管碎断，血液喷薄而出。一段痛苦而美的幻想。

唱罢，大家一齐鼓掌，我也跟着拍手。女人鞠躬以表感谢。她的身子压得很低，以至于我不禁担心起那颗心脏的安危。紧接着，她又开始唱起下一首。

啤酒的泡沫已经消散，早已变得微温。我拿起一颗花生，想要剥开它的壳。可不知为何，指尖怎么也使不上力，剥得十分吃劲。是因为白天工作太耗神了吗？还是说，我想起了触碰那颗心脏时的感觉呢？花生从手上掉落，滚到了脚边。

第一次将心脏纳入包中的时候到了。那是一个阳光灿烂的暖日。女人依然是穿着厚厚的外套来的。

即便拉上窗帘，猛烈的阳光也没有减弱，房间里又热又闷。仓鼠从窝里爬了出来，瘫在铁网上睡觉。天一热，仓鼠便不再缩成球，而是四肢大张地睡觉。

女人的胸口汗涔涔的，打湿后，她的皮肤显得更白了。

"请您试试吧，如果痛的话随时跟我讲。"我说。女人只是默默点了点头。

最终，这个包成了超乎预料的形状。为了做出复杂的球形，我不得不将九张皮子缝在一起。这个左右不对称的包上开了七个大大小小的洞口，底部呈椭圆形，往包口处渐渐收窄。这个包没有盖子，侧面用挂钩固定。为了挂在脖子上，包带相对包身大小要略长，而且皮革鞣得还不够熟，不小心的话容易缠到一起。

这个包简直像某种造型前卫的艺术品，又像某种罕见的节肢动物，或是尚未发育成熟的胎儿。

我解开挂钩，尝试将心脏放进包里。手一靠近那颗心，就能感受到体温。我等待着两次收缩间的短暂平静，守候着时机。拿着皮包的手因为汗水变得黏糊糊的。我感到头晕目眩。

"快一点。"女人有些烦躁地说。

"好的，很抱歉。"

我慌忙扣上挂钩。我不知道自己的动作是否太过唐突，或者有没有掐准时机。不过这些事可能并不要紧。

"帮您把包带也系上吧？"

"麻烦了。"

女人放松双臂，一眼都没看向那个包。我伸手探进她的头发，将包带绕到她的颈后系好。一股汗水的味道从头发深处飘来。

我在工作服上擦着手，后退数步观察，长出了一口气。

实在是太合适了！皮肤的颜色和皮革的光泽，与乳房轮廓连绵在一起的曲线，由缝隙中窥见的血流，伴随每次收缩而褶皱的表面，以及环绕在她纤细颈子上的包带……

一切都非常完美，我从没见过这么完美的包。

我将镜子搬到她面前。女人脱下的罩衫和衬裙在沙发上堆成一团。远处传来了车站的广播声。

"比较细的这根肺动脉的出口，好像有点太靠上了。"女人动了动胳膊，上下活动着肩膀说道，"可以调整吗？"

"当然可以，现在只是在试样。"

无论女人做出什么动作，这个包都能灵活应对，不会对她造成任何多余的阻力。它好像自一开始就是保护她心脏的忠诚卫士。

"非常轻便，真不错。这样就舒服多了，但是挂钩顶着腋下，感觉有些难受，能改一改吗？"

"那把挂钩的位置改到前面吧，然后换一个更小的尺寸。"

"行。"

和女人对话的时候，我也一直在欣赏我的包。她似乎还有些顾虑，一会儿松松包带，一会儿蹦蹦跳跳，一会儿又比出握着话筒的姿势。

"那是什么？"

女人指着洗脸池架子上的小包。

"哦，那是放仓鼠的小包。"

我一边回答着，一边为她的杯里添了些新茶。

"仓鼠也要装在包里？"

女人已经穿上罩衫。刚刚脱下的那个装心脏的包被小心翼翼地摆在了桌面正中。

"我散步时会把仓鼠放进那个包里，带着一起走。它很乖的。"

"是你做的？"

"当然。"

"这样啊……"

女人稀罕地打量着那个包。

和心脏比起来，给仓鼠做包可要简单多了。那不过是个普通的小挎包。为了不让它在拉上拉链后窒息，我在包上开了几个通气洞。

"这世上，装什么东西的包都有呢。"

"一点不错，正是这样。"

我喝了口茶。窗帘外的日光依旧强烈。

这个装心脏的包终于快做好了。颜色是淡淡的奶油色，和女人肤色很相称。剪裁和缝合都不能有分毫的差错。我整日整日地伏在工作台上。

店外挂上了"暂停营业"的牌子。在完成这个包前，我不想被其他的包打扰。有位老顾客找我修理化妆盒，也被我拒绝了，那是我五年前的得意之作。

"我身体不太舒服，现在还躺在床上。"

谎言脱口而出，连我自己都被吓了一跳。

无论多么紧张，无论多么为心脏的美而悸动，手头的动作都不能乱。作为工匠，我有着可靠的手艺。我能做出任何人都做不出来的包。

仓鼠死了。可能是因为这段日子天气骤然变热了吧，也或许是我沉迷于工作，对它照顾不周所致。但我每天都在喂它新鲜蔬菜，隔天也会给笼子消毒，可它还是死了。我们一起生活了三年零八个月。

我把它放入专用的小包里。将它捧起时，它软绵绵地瘫在我的掌心，半张着嘴，露出了口中的门牙。黑溜溜的眼珠似乎在凝望着远处某个地方。它的皮毛依然顺滑，但再摸上去却得不到任何回应，只有冷冷的触感。

我对要把它扔在哪里感到全无头绪。我漫无目的地在街上转悠，走过河畔的步道、公园和蓄水池旁，但没能找到一处合适的地方。时不时地，我还拉开拉链看上几眼，仓鼠应该是真的死了，并无复活的迹象。

走得累了，我进入了一家汉堡店。我并不想吃这种东西，只是因为无心思考要吃什么才进来的。

汉堡和薯条我都剩了一大半。咖啡也难喝得要命，不过我还是硬着头皮喝完了。

把剩下的吃食倒进垃圾桶时，我顺手把仓鼠也扔了进去。我麻利地将它从小包里掏出来，用托盘作掩护，将它扔进了垃圾桶。一切顺利，应该没被任何人发现。

眼下，我的仓鼠应该已经浑身沾满了番茄酱吧。

"您说什么？"

我忍不住问道。

"我是说，包我不要了。"

女人从手包里取出香烟，点上火。

"可还有一两天，包就做好了……"

"当然了，我知道这会儿再取消订单很不讲理。你会生气也是自然。但这也是事出突然，我自己也很意外呢。"

女人吐出一口长长的烟。我感到手足无措，目光紧紧地追着那团烟雾的去向。

"以前我就考虑过做手术。就是把心脏放回身体里的手术。但因为医生口中的风险，我迟迟无法下定决心。

不过，我这次又找到一家医院，那里有位特别优秀的心脏外科医生。医生说使用最先进的机器的话，手术是没有问题的。我也不是很懂，总之就是有很厉害的机器被发明出来了……"

我根本不关心这种事。重要的是装心脏的皮包，仅此而已。

"我下周住院，马上就会手术。总算可以不用再看见这颗烦人的心脏了。"

女人说着，视线落在了自己的左胸上，眼神中带着轻蔑。

"这是一个很棒的包，请您拿在手上瞧瞧吧。肺动脉的开孔位置我调整过了，挂钩也换成了小号的。您一定会满意的。"

我把包展示在女人面前。

"还差一点，我把这个地方缝得再结实些，改一下包带的位置，整体再做些调整，就大功告成了。"

"钱我会付给你，但这个包我不要了，我用不上了，因为没有要放进去的东西了。"

"请您看看这无与伦比的美！世上找不出第二个如此精细的皮包。保温、保湿、透气，触感、材质、做工都天衣无缝，完美无缺。"

"你好难缠啊。"

女人站起身，一把推开皮包。那个包像死掉的仓鼠一样，软绵绵地跌在地上。

"呼吸内科的 Y 医生，呼吸内科的 Y 医生，请您马上与诊疗室联系。"

又是那条广播。那家伙究竟跑到哪里去了？

我依照问讯处的指示乘上电梯，按下六楼的按钮。

电梯里挤满了人，有医生，有护士，有打着黄色点滴的病人，大家都沉默不语。

只要假装是来探望病人的，很容易就能找到女人的病房。如果被人怀疑，我就说是来要钱的。我有追款的权利，不必畏首畏尾。找理由，我有的是。

"前天是我太失礼了。"

上来先要道歉。为了让她放下戒备，我得尽可能恭敬、诚心地道歉。

随后我说道：

"您的订单对我来说是一次极其宝贵的体验。我想，今后我再也不会有制作这种皮包的机会了。对您接受手术一事，我也由衷地感到高兴。不过，我希望能最后一睹自己的作品将心脏纳入其中的样子，只要一次就好。

我的请求非常冒昧，但希望您能同意。我绝不会给您再添麻烦。作为一名工匠，没有什么比看不到自己作品的最终形态更残酷的了。求求您，一次，一次就好。"

女人脱下病号服。我温柔地将心脏裹入包中。我死死盯住在包中一张一缩的心脏，将其模样烙印在脑中。

"行了吧？"女人催促道。

"谢谢您。"

我假装要把包拿开，从口袋里掏出一把事先准备好的皮革剪，剪下了那颗心脏。

这样一来，这颗心脏就属于我一个人了。

我将皮包收在左边的口袋里。我试过把它叠得平一些，但裤子还是鼓起一块。那个包乖巧地藏在兜里，一动不动。从刚才起，右边口袋里的剪刀就一直在隐隐刺着我的大腿。

电梯铃响起，六楼的灯光闪烁，门开了。

欢迎来到拷问博物馆

这一天死了很多人。在北方的某个城市，一辆观光客车从悬崖坠落，二十七人死亡，六人重伤昏迷。债务缠身的一家三口以煤气自尽，爆炸的煤气将邻居六人卷入其中。一名八十六岁的老先生被卡车轧到，卡车司机逃之夭夭。幼儿园的儿童跌进水渠，渔船倾覆在海面，登山者被雪崩吞噬。中国发生洪灾，尼泊尔有飞机坠毁，尼日尔的新兴宗教团体集体自杀。

　　不单是人类的死亡，还有仓鼠的死亡。今天早上，我在汉堡店的垃圾桶里发现了一具仓鼠的尸体。我当时正喝着咖啡，视线不经意间扫到那个垃圾桶，它被塞得满满当当，盖子半敞着。这景象再平常不过，我却被深深地吸引住了。随后我就发现了那只仓鼠。

　　仓鼠被卡在揉成团的包装纸和压扁的纸杯之间。浓茶色的后背上带着白色的花纹，尾巴直挺挺地翘着，短短的四肢仿佛还有血液流过，呈现出可爱的淡粉色。我仿佛看到它微微动了一下。那双黑黢黢的眼睛正盯向我这边。

我把垃圾桶盖彻底掀开，一股番茄酱掺腌菜混咖啡的味道扑面而来。原来令仓鼠看起来在动的，是它身上的蛆虫。无数的蛆虫密密麻麻，正试图钻进它柔软的肚子里。

为什么一切生物都会如此突然地死掉呢？明明昨天还活得好好的。

我住的那栋公寓的楼上，有个男人被杀了。据说是大学附属医院的副教授。他被扎了十几刀，失血过多而亡，脖子差一点就断开了。

"您见过这个人吗？"

警察准备从前胸口袋掏出照片的时候，我下意识地后退了几步。要是看到一颗血肉模糊的被斩断的脑袋，那我费力做好的晚餐就吃不下了。警察找上门时，我正把压碎的番茄倒进炖煮着的意式浓汤里。

"没事的。"

警察用关照的口气说。那张照片似乎是在研究室一类的地方拍的。只是张普通的照片。没有血污，脑袋也好好地连在脖子上。

"不，没见过。"仔细确认后，我回答。

"关于住在楼上 508 室的女性，您知道些什么吗？"

问话的警察体格匀称，看上去很年轻，还有点紧张。或许是因为他刚刚目睹和触碰了尸体，还闻到了味道的缘故。他似乎很惶恐，好像那人是他自己杀掉的一样，一直垂着头，做笔记的动作也有些僵硬。

"没有，我和她没什么交集。顶多是在电梯里碰到时打声招呼。"

"见到过有男人出入她家吗？"

"呃，我也说不好。之前见过她和男人在一起，不过是不是照片里这位，我就记不清了。"

我又打量了一眼照片。男人穿着白衣，胸前的衣兜装着钢笔、剪刀和小型手电筒，脖子上挂着听诊器。他笑得很勉强，嘴周挤出了皱纹。

"前天夜里十一点左右，您听到过什么可疑的响动吗？"警察一字一句地问道，因为过于谨慎，反显得结结巴巴的。

"嗯，我听到了。"

"什么样的响动？"

警察第一次抬起头来正视我。看得出他在真心期待我的回答。

"我听到有钝响，好像在挪动什么很沉的家具。我当时以为楼上的人想改变一下家里的布局。"

"在几点听到的？"

"当时我准备睡觉，正刷着牙，大概刚过十一点吧。"

"响动持续了多久呢？"

"也就响了两三次吧，很快就安静下来了，所以我也没觉得有什么奇怪的。"

"没听到什么惨叫声或者争吵声吗？"

"没，完全没有。"

警察专心地记着笔记。他认真地听着我的讲述，不想落下任何一句话，似乎把我说的每一个字都看得非常重要。我们才相见不久，但我好像已经成为对他而言无可取代的人。

"说起来，昨天大学附属医院里还有一位病人被杀了。我们正在调查这两起事件的关系，您这边有什么线索吗？"

他展示的第二张照片上，印着一位三十岁左右的女人，据说是酒吧的驻唱歌手。她身材纤瘦，下巴又尖又长，正不太开心地拨弄着长发。漂染的发色已经斑驳，发梢也显得毛糙，作为美容师，我一眼就能看出来。

"据说是被人用剪刀剜了胸口。"

"哎呀，好可怕。那这个人受伤的是喉咙，这个人是胸口，对吧？"

"是的。"

厨房里的意式浓汤在灶台上咕咕作响。我的围裙上溅了番茄汁。

"这张脸，我没有见过……"

"这样啊……"

警察惋惜地嘀咕道。我担心自己让他失望了。

"多小的细节都可以，您能想起些什么吗？"

我真想帮一帮他，说出能当即勾起他兴趣的话，但苦思冥想之后，还是什么都记不起来。

"如果您想起什么，请随时给我打电话，麻烦您了。"警察端正地对我颔首道。

"好，没问题。我会再好好回忆一下的。"我说。

他准时赴约。时隔许久，我们俩又能共度休息日了。我们都太忙了，几乎隔三周才能碰一次面。

我们可以一起看没赶上档期的电影录像，晚饭则在家里悠闲享用。逛逛书店或唱片店，在公园里散散步也不错。要不然，在阳台帮他剪回头发好了，虽然他总以羞于被过路的人盯着为借口，一直回避在阳台理发。

我为晚饭做足了准备。虾已经用香料腌上了，烤一下即可。沙拉本就是冷食。红酒杯已经擦得透亮。意式浓汤或许煮得有些过头，但味道没问题。他爱吃的草莓蛋糕，我早就从中央广场的那家洋果子店买来。桌布、餐巾、垫子都换了新的。一切都很完美。

"我好想你。"

他抱住我说道，声音闷在我的头发里，有些听不清楚。

我本想问声："什么？"但还是忍住了。我害怕刚刚听到的那句话只是自己的幻觉。

他脱掉上衣，嗅着从厨房飘过来的饭菜香味，抬手撩起过长的额发。我们在沙发上相拥着，两人都很沉默。我们深知，只有这种安静才能让我们深切地体会相隔三周的漫长等待。

我感觉楼上的房间有人——警察还没走吗？屋外也比平时嘈杂些。但我们两人之间的沉静并未被打破。

他一只手搂住我的肩，另一只手与我的手相握在膝头。我的脸颊蹭着他的锁骨，耳中响起他的心跳。他每一次呼吸，我都能感受到颈后拂过的气息和嘴唇的温度。

我不知道蜷缩在他怀中时，我的身体是什么样子。我怕那样子太过滑稽。

不论他制造出怎样的空洞，我都能容身其中。我可以将双腿折叠在一起，肩膀收缩到近乎脱臼。我就像是一具被塞进石椁的木乃伊。就算永不得抽身也无妨，倒不如说我正渴望能恒久地藏身其中。

然而，我当时主动抽身，打破了宁静。

"你知道吗？楼上的房间里发生了杀人事件。"我说道。我无法抑制住说出这件事的欲望。对我来说，杀人实在是一件罕见的事情。

"我看公寓门口还停了警车。"他回答，依然在握着我的手。

"是啊，来了好多警察，还有很多看热闹的人和媒体，可不得了。警察也到我家调查了，真是刺激，我有生以来第一次被警察问话。你呢？你和警察说过话吗？"

他摇摇头。

"那个警察人很好，肯定是个新人，很客气，很有礼貌。我昨天晚上听到了可疑的响动，应该跟案件有关。那警察对这点很有兴趣。咚沙、咚沙的，沉沉的声音。我听到时并没觉得奇怪，但既然能记住这个细节，说明那气氛应该非同寻常。我当时下意识地看了眼表，差不多是晚上十一点十分。这就是关键。毕竟碰上这种事，确定时间是特别重要的吧。"

这一回他点了点头。

"听说被害人是大学附属医院的副教授，他被出轨对象用刀子捅了喉咙，头都差点被切下来了。真吓人，竟然捅到这种地步。不过，有些痴情的人确实能干出这种事。话又说回来，为什么要捅喉咙呢？一般不都是胸口或者肚子吗？如果是我，一定会尽量选肉多的地方。喉咙这个目标太小了，有失手的风险，捅上去也不够带劲。我总觉得，如果恨得不行，就应该戳烂内脏才对呀。还有一点也很不可思议，那个被杀的男人工作的医院，在同一天有一位住院的患者也被杀了。那患者是个女人，马上就要做心脏手术了，结果被人用剪刀剐了胸口。不知道这两件事之间有什么关系。说不定背后还隐藏着更多内情，并不是简单的出轨杀人呢。对了对了，电视节目的记者也来采访了，这种事最对他们的胃口了。摄像机突然出现在眼前，真吓人一跳。那个记者就是老在电视上出现的那个妆化得很浓、语速很快的人。508室的罪犯好像和左邻右舍没什么来往，相关信息特别少，电视台也很苦恼。所以我把自己知道的所有细节都告诉他们了。她是个美女，打扮也很时髦，扔垃圾非常守规矩。

不过，我也就和她在电梯里见过几面，打过招呼而已。虽然说得不多，但电视台的人特别感谢我，说我提供了很好的素材。当然了，我的脸会被遮起来的。我可不想因为这么可怕的事情上电视。节目会在明天播出，可得好好录下来。也不知家里有没有新的录像带了。等下一块儿去买吧？我说不定是手握关键信息的证人呢，你说是吧？"

不知从何时起，他的手从我的手上抽走了。我一口气说了太多话，变得气喘吁吁的。

一阵奇妙的沉默降临了。不同于刚才我们之间的那种宁静，而是一种让人感到窘迫的沉默。餐桌上整齐地摆着红酒杯。煤气灶上的锅子冒着热气。508室似乎已经没有人了。

"有人死了，你那么开心吗？"他说。

"啊对，差点忘了，我给你倒咖啡。"

我站起身，假装没听到。我有意用杯子撞向餐柜门，发出咔嚓的声响。只要能挽救这沉默，任何刺耳的噪声我都可以忍受。但不论我怎么做，最终都是徒劳。

"有人死了，你那么开心吗？"

他的语气和刚才一样。就连音量、音调，甚至停顿也完全一样。

"你说什么呢？我没有在开心，我只是……"

我话说到一半，他便抓起上衣，踢掉脚上的拖鞋，不言不语地离开了。玄关的门发出一声巨响，旋即闭上了。

我变成一个人了。就好像从一开始，这里就没有别人，只有孤零零的我。

不知发愣了多久，水开了，我知道现在已经不需要泡咖啡了，便把杯子放回橱柜。随后，我走出了家门。

我不是要去追他。我知道，他一定去了一个我追不上的遥远的地方。事到如今，不管追到哪里都是徒劳。

我真的有那么轻浮，以至于要遭受那样的对待？我当然承认我有一点兴奋，可我绝不是在拿他人的不幸寻开心。我的内心是为他们感到惋惜的。在接待警察和记者时，我的表现也很有礼节。之所以表现得那么亢奋，并不是因为案件本身，而是遇到了许久不见的你，太开心了，才……

我在心底不断重复着本该告诉他的解释。可是没有人会回应我了。

市政厅前的广场在工作日的下午没有多少人。昨天是周日，彼时在广场上随处可见的冰激凌小店和气球商贩也不见了踪影。有个男人正在长椅上打盹儿。学生们

120

坐在钟楼的台阶上读书。今早去买蛋糕的那家洋果子店安静极了。偶尔有鸽子振翅飞过，轻轻带起一阵风。

下午四点的报时声响起。钟楼正中的门开了，冒出了士兵、公鸡和骷髅形状的玩偶。聚过来了四五位拍照的游客。

那个报时装置我早已看腻。我经常在这里等着和他见面。他一般都会迟到，所以我会时常看到玩偶跳舞的机关。

生着金色翅膀的天使出现了。第二位天使左侧的翅膀晃晃荡荡，似乎就快脱落。骷髅的下颌没了润滑油，动起来不太顺畅。公鸡的鸡冠掉了色，变得十分斑驳。关于这座钟的一切，它全部的细节，我都能答得上来。

最后的天使转动身体，骷髅敲了最后一声钟，大门关上了。游客们也都离开了。

我从钟楼侧面穿过，沿市政厅背后的小巷走着。有一半土特产商店已经关门。我曾有个朋友，她买了件新大衣，她的恋人臭骂了她的品位后就甩了她。

"一看你穿成这样子我就反胃。"

那人好像是这么说的。那是一件山羊绒的优雅外套，没有任何惹人不快的地方。她用剪子剪碎了那件外套，淋上灯油，扔进了焚化炉。可她的恋人最终也没回来。

还有一个朋友，因为在男友面前点眼药水而被甩了。她只是早上在被窝里点了一下缓解双眼充血的眼药水而已。

"我左手撑开眼皮，右手举起眼药水，滴了一滴，仅此而已。这有什么特别的吗？可他为什么……"

她愤愤地重复着这些话。

这世上，就是有些事会被一件外套、一滴药水摧毁。

我在逐渐变窄的道路上走着，每当和路人擦肩而过，我都会怀疑那是不是他……我真的熬不下去了。我路过图书馆，路过洗衣房，路过倒闭的美容院，路过只有秋千和沙坑的小公园。而后是一道长满红叶石楠的篱笆。最后是有约克夏犬玩耍的草坪庭院。不经意间，钟楼已经看不见了。

走得累了，我停在原地，眼前是一座古旧的石房子。屋旁茁壮而茂盛的栎树遮住了房子的大半。窗户挂了蕾丝窗帘，花盆的红色花朵娇艳、水灵。玄关的大门雕刻着一些厚重的纹样。

我侧耳听着，但什么都听不到，也感觉不到任何人的气息。唯有栎树的叶片随风招摇。

"拷问博物馆"——门柱的标牌锈迹斑斑，但还能看清文字。

"拷问博物馆。"我出声念道，感觉这个词与此刻的自己正相符。

入口大厅是明柱无墙的构造，非常宽敞，日光透过彩绘玻璃将无数色彩洒进屋内。配镜子的伞架、两把高靠背的椅子、似乎很久没有发出声音的钢琴、衣帽架……房内的家具陈设非常协调。

钢琴后面延展出一段缓缓拐弯的楼梯。铺在地板上的地毯有长长的绒毛，踩上去应该很舒服。边桌上是未插花的陶制花瓶，椅子上是一头螺旋卷发的瓷娃娃，鞋柜上则装饰着天鹅模样的花边。样样都是高级货。

空气一片沉寂。眼前的一切都在屏息凝神。只有当庭院里的栎树叶沙沙作响时，光线透过彩绘玻璃，投到脚边的影子在轻轻摇曳。

我四处张望，寻找前台，可没有任何收获。宣传册、指示箭头、售票机，博物馆该有的东西在这里都找不到。两侧大门也紧闭着。

"打扰了。"

我鼓起勇气喊道。

我并非决心要参观这家拷问博物馆。但不知为何，我就是不愿放弃。比起那个被残酷的沉默所支配的房间，接受拷问反而更好些。

"打扰了。"

我的声音转瞬就被寂静吞噬了。思考了一下，我选择了左边的那扇门。这是我一贯的做法，在不知是左是右时，通通选左，因为他是左撇子。

绒毯非常柔软，和想象中的一样。

"欢迎光临。"

一位系着蝴蝶领结的老人向我深深鞠躬，伸出手示意我进去，显示出一副事先已经得知我的到来的样子。我被吓了一跳，在原地呆立不动。

"来吧，请不要客气。"

老人一头浓密的白发被梳成背头，喷洒其上的香水散发着蕨类的气味。他胸口的口袋露出与蝴蝶领结质地相同的薄巾，袖口缀着珍珠，周身打扮得无可挑剔。

"抱歉擅自闯进来，我刚刚在门口打过招呼，但没听到回应……门票要多少钱？应该去哪里付钱？"

我慌慌张张，正要掏钱包，却被老人拦住了。

"别担心，我们这里不需要门票。请问您今天是来参观的吗？还是有自带？"

"自带……自带什么？"

"自带拷问刑具。"

老人唇边泛起微笑。我忙摇了摇头。

"我明白了，请慢慢参观，我来为您导览。"

看样子，这个房间应该是起居室，里面有一组沙发、陈列柜、修道院食堂里那种细长的餐桌，以及唱片盒等。

房间尽头是壁炉。不是装饰性的，而是真正的壁炉。炉内的灰烬看上去还有余温。

这个房间富有格调，像是有品位的富豪的居所。真希望有一天我也能住在这样的地方。房间里唯一异样的，就是四处可见的拷问刑具。

这些刑具无所不在。除了陈列柜和餐桌，外飘窗、壁炉、椅子下、窗帘的阴影、房柱的拐角，以及四周的墙壁，各处都多少放着拷问的刑具。有的在玻璃柜里闪闪发光，有的就直接摆在餐桌上。

"这些全都是您的东西吗？"我问。

"不是的。"老人似乎觉得我的问题很荒唐。

"我只负责博物馆的管理和运作，为您这样的客人提供讲解服务，保养展品，检查新发现的器具，因为偶尔会有一些赝品。"

"这种东西也分真品和赝品吗？"

"当然了。"老人充满自信地点了点头，"我们所定义的真品，不单单是用来观赏的装饰，还要看它是否真的曾被用于拷问。来，您往这里看。"

老人最先指向的刑具是由铁链相连的四个铁圈。这件展品被挂在东侧的墙上。看上去很像变戏法或马戏团表演时用到的小道具，又像巨大的巧环。铁圈锈得厉害，墙面的壁纸也被染上了锈色。

"四个铁圈套在四肢上，铁链系在四匹马上，由四匹马朝不同的方向拉拽。从工作原理上讲，这属于最正统的拷问用具。在十八世纪初期的法国，人们曾使用过它。随着时代推移，绞车一类的器械取代了马。因为绞车能循序渐进地对受刑者不断施加折磨。拷问中最重要的，就是讲究循序渐进。"

老人在说出"循序渐进"四个字时，吐字格外认真。

"接下来是这个，皮带和铁钳。这两样东西可以将手腕固定在桌面，拔掉受刑者的指甲。为了方便拔指甲，这种铁钳的前端都被做得很薄，而且打磨得十分坚实。"

或许是屋内灯光的缘故，那皮带看上去湿漉漉的，铁钳的形状则十分纤细，一点也看不出它是那么残酷的工具。

"这座宅邸里，原本住的是某位煤炭大亨的一对双胞胎女儿。这对双胞胎都在年逾八旬之际离世，她们终身未婚，两人一边环游世界，一边收集了这些藏品。"

"为什么要收集这种东西呢？一般来说，有钱人收藏的不都是绘画、珠宝吗？"

"当人类为某事夺去心神的时候，往往没有理由。您不也一样，踏足了这家博物馆吗？"

老人清清嗓子，抬手理了理脖子上的蝴蝶领结，确保它端正。他每动一下，我都能闻到蕨类植物的气味。

"您刚刚提到的'自带'，具体是指什么呢？"

"是这样的，偶尔会有客人带着他们发现的新奇器具前来拜访。我会鉴定这些器具，如果遇到合适的就付钱买来，展示在这里。"

"那么，是不是真货……究竟是怎么分辨出来的呢？"

"首先鉴定材料的年代。铁、木材、黄铜、皮革、布料、马口铁……各种各样的都有。无论看上去有多古旧，只要科学地分析，马上就能判断它的真实情况。至于看它是否被用过，则比年代鉴定还要简单。只要检查一下是否有血液反应就可以了。"

我再度看向四马分尸和拔指甲的器具。它们就那样静静待在自己被安排的地方。那些扩散到壁纸上的污渍，还有皮革的湿润质感，或许都是鲜血造成的。

"可以的话，咱们就继续吧。"老人说。

除我之外，这里再没有别的参观者。不管过去多久，始终只有我和老人。早餐厅、厨房、图书室、客房、洗手间、书房，所有房间都成了展示室，装饰着与房间本身相称的拷问用具。

床上盖着干净的床罩。烤箱里散发出甜美的香草味。桌子上摆着一本摊开的书，就好像方才有人工作过一样。然而，真正支配着这一切的，是拷问。

或许是早就习惯了这项工作吧，老人的解说流畅且准确，语气中透着对这些展品的自豪。那自豪背后所蕴含的，是这里的一切都无疑沐浴过人类鲜血的事实。

我站在老人身边，聆听他的讲述，跟随他的脚步。外面的一切嘈杂声都钻不进我的耳朵，只有我们脚步的回响。每一扇窗都映照着庭院的绿意。日头快要西斜，可阳光依旧明亮耀眼。

老人个头高大，肩膀很结实，声音洪亮，动作柔和。我不禁开始怀疑，他可能比我以为的要更年轻些。想到这里，我凑近仔细观察，发现他脸上的确散布着不少老年斑，颈部的皮肤也很松弛，褶皱几乎要埋住了领结。

我为什么会在这里？他现在又在干什么呢？我满脑子都在想着这些。那些虾腌了太久，肯定辣得很；本想放入冰箱的葡萄酒依然在橱柜里待着；草莓蛋糕明天应该就会开始变质————一切都晚了。

就这样，我一边在心里嘀咕，一边观赏着那些拷问器具。那些精巧、美丽的器具，绝不会打扰到我对他的思绪。

"这是某位制包匠带来的。"

老人指向展品的手势十分优雅。

"好像是束腰？"

我观察着说道，那器具就摆在客房的衣橱里。

"是的，您说得没错。这是将牛皮贴在鲸鱼骨上制成的筒状束腰。如果用它箍住身体，一点一点向上卷，就会折断肋骨，压碎内脏。这是专门针对女性的刑具。"

"我可以摸摸它吗？"

"当然可以。"

"看上去不是很有年份，不像是古董。"

"您的眼力很敏锐。其实这件刑具是那名制包匠自己做的。不过分析结果显示，束腰内部附着了人类的皮肤碎片和脂肪。所以作为展品，它是合格的。"

我赶忙缩回手，悄悄用挂在旁边的裙子擦了擦指尖。

"没关系的，皮肤和脂肪只有很少一点，不会弄脏手的。"

"这是证明它是真品的重要证据，被我抹掉就不好了……"我说。

割开喉咙、剜掉心脏、绞裂身体……哪一个最痛苦呢？应该是穿束腰的拷问吧。因为内脏的破裂是不会立刻送命的。

508室的女人已经被捕了吗？那个被迫穿上束腰的女人，坦白自己的罪孽了吗？

我想起了那个警察，他紧张地注视着我，看重我说的每一句话。可那个人连我的一句解释都不曾听过，就夺门而出了。

铺着白色瓷砖的卫生间非常明亮。肥皂是崭新的，浴巾叠得整整齐齐，剃须用品和瓶瓶罐罐的化妆品井然地摆放着。

"这件藏品比较稀有，产自也门。"

老人嘹亮的声音听上去底气十足。

"这是漏斗吧？"

"没错，和漏斗的原理相同。让受刑者仰躺着无法动弹，随后从漏斗里会一滴一滴地落下水珠，滴到受刑者的额上。"

"这也算是一种拷问吗？"

"当然，这是一种相当残忍的拷问方式。"

老人用双手将其捧起。器具的材料是耐酸铝，有着与老人的白发相称的银色，大小刚刚好可以被双手拢住。

"拷问过程中，重要的是持续性。不是瞬间的疼痛，而是无休无止的持续性。冰冷的水珠一滴又一滴地打在额头上，滴答，滴答，滴答……如同记录时间的秒针。水珠本身并不能造成多大冲击，但那种感受是无法忽视的。一开始或许多少可以忍受，但五个小时、十个小时地持续下去，忍耐就渐渐变得不可能了。经过反复刺激后的神经变得过度兴奋，最终彻底爆发。全身的神经仿佛都被吸引到了额头的那一点，受刑者最终将误以为自己只剩下了额头的部位，产生一种额头中央正被细针一点点穿透的幻觉。睡不着觉，吃不下饭，说不了话，完全被那一滴接一滴的触感所统治，在远胜疼痛的苦境中煎熬着。一般不过一个昼夜，人就疯了。"

老人说罢，将漏斗摆回原位。

他的额头是什么样子的？平时，他的额头躲在长发的后面，但我应该已经见过很多次了。刚洗过澡的时候，随意撩起头发的时候，还有在床上激烈晃着脑袋的时候。

倘若那片轮廓端正、没有伤痕的额头被冰凉的水滴打湿，一定会很美吧。触碰一下便令全身酥麻的冰冷水滴，先是落在额头的正中，随后由凸起滑落，淌过太阳穴，最终消失在发隙。宛如流下的泪。而下一滴，眼看就要从漏斗的底端滴落了。

他闭着双眼，嘴唇紧抿，一动也不动。额头散发着微光，令人忍不住落去一个吻。可我却不能触碰他，如果给他带去了水滴之外的感触，拷问就将前功尽弃。

"我们最引以为傲的，最独一无二的刑具是这个。"

老人从洗脸池上的橱柜里取出了一把极普通的镊子。材料是坚实的钢，尖端的刃口经过了精密的调节。从发黑的手柄可以看出，镊子曾被频繁地使用过。

"这把镊子造成的痛苦与刚刚的漏斗相近，但要更加恶俗。它可以把头发一根根地拔掉。"

"具体要怎么做呢？"我追问道。

"您有疑问很正常。"老人点了好几下头，再度抬手理了一下蝴蝶领结，还装模作样地将橱柜开合了好几次，"一根一根地拔掉，要很有耐心，不能放弃。一根不差地，拔到只剩头皮为止。"

我深深叹了口气。

"失去自己的头发是很痛苦的。在纳粹的集中营里，为了摧毁人性，第一件事就是剃头。失去头发并不会带来什么不便，但人类会将自我的存在寄托在头发上。"

"是这样的，我是美容师，所以非常明白这种感受。"

"既然如此，那就好解释了。要用这种刑具，拷问得在贴有大面镜子的房间里进行。无论看向哪里，受刑者都会看到自己被拔秃的模样。虽然费时费力，但一下拔掉一二十根是没意义的。关键是一根一根地拔，引起渐渐失去重要之物的痛苦。还有一点很重要，那就是头发被拔掉时的微痛感。这种微痛重复上千遍上万遍，乃至十万遍，就会变成无可承受的剧痛。虽然操作简单，但可以说，这种方法体现了拷问的所有要义。"

天窗染上了暮色，风已经停了，庭院里的栎树在静谧地休憩。夕阳照着老人的侧脸，在他的眼周投下阴影，更加深了他嘴角的笑意。

下次他来家里，我一定要在阳台给他理发。用围布包裹住他的身体，在他脖子上缠一圈毛巾，然后把他的手脚绑在椅子上。

到时候，就借用一下这家博物馆的皮带吧。四马分尸用的皮带也行，拔指甲用的皮带也行，在这里，结实的皮带要多少有多少。

我要拔掉他的头发。我要自由地挑选下手的位置。是从耳后好，还是从头顶好？

拔掉的头发会落在他的脚边，如同生着长长翅膀的昆虫，飘飘荡荡地飞落。我享受拔掉毛发时那转瞬即逝的、微小的剥离感。那是撕裂皮肤、剜去脂肪的感觉。

最后显露出来的头皮孱弱、苍白、柔和，就和被扔在汉堡店垃圾桶里的仓鼠遗骸一样。

头发落在地上，越积越高。它们被风吹起，飘在空中，或缠在他的腿上，或附在他的唇上。可他无法拂去它们，只能发出呻吟，任我恣意摆布。

"您参观下来还满意吗？"老人问。

"嗯，感谢您的讲解。"我向他颔首示意，"能问您一个问题吗？"

老人用力点了点头。

"这里的刑具，不会让您产生试一试的欲望吗？"

老人将手抵在太阳穴处，凝望了一会儿入口大厅的光亮，说：

"当然会有这种欲望。"

他嘴角的笑意消失了。

"无法勾起这种欲望的刑具，我们是不会陈列出来的。"

老人将视线从那片光亮移开，捋了捋自己的头发。

"我以后还能再来拜访吗？"我问。

"当然可以。如果您有需要，不必多虑，请随时光临。我会一直在这里恭候您。"

老人再度露出了微笑。

卖增高绑带的人

舅舅制作的东西总是轻而易举地就坏掉了。我所珍爱的飞机模型，他宣称是自主开发的能让人长高的绑带，还有他留下的那件毛皮外套……

　　每次见到舅舅，他的工作都不一样。上一次是在帽厂，下一次是摄影师助理，他还做过增高绑带的推销员、餐桌礼仪老师、管家，最后是博物馆馆员。我可能搞反了助理和推销员的顺序，反正已经记不起来了。这期间他结了三次婚，夹杂两次同居经历。和他一起生活的人换来换去，他晚年时却无人照看，孑然一身。

　　换言之，舅舅这种人可以轻易地抛弃自己构筑的事业和家庭，他总是在让一切从头开始。

　　舅舅值得尊敬（如果可以这么说的话）的地方，就是当他摧毁自己手中的东西时，不会有一丝遗憾。不哑舌，不怄气，只是一脸平静地看着它逐渐消失，嘴角甚至浮出淡淡的微笑。

　　警察来电通知我舅舅已死，让我取走他的尸体时，司法解剖的工作已经结束了。他和邻居并无来往，也没有朋友，警察为找到他为数不多的亲人似乎费了不少劲。接到电话时，我刚从大学回到公寓，正在预习法语的功课。

　　"请问他是怎么死的？"我问。

　　"窒息死亡。"电话那头的人回答。

　　"是被杀死的吗？"

　　"不是，他不幸被屋里积攒的垃圾埋起来了。"

　　那位陌生人措辞客气，我多少感到些慰藉。

　　我和舅舅并无血缘关系。他虽算是我母亲的哥哥，但他是我外祖母的再婚对象与其前妻生的长子。他与我母亲年岁相差很多，也未曾和她一起生活过。小时候，大人们向我解释过好几次他们之间的关系，但我当时还是似懂非懂。

　　不过，舅舅常来我家玩。他总是不打招呼地突然出现，住上几天后便又不知跑哪里去了。

　　我当时虽是孩子，但也察觉出舅舅并不是个受欢迎

138

的来客。他一来母亲就坐立不安，父亲则是没好气的样子。但舅舅看起来一点也不在乎，在我家大吃大喝，住得相当快活。

不同于烦恼的父母，我打心底期待舅舅的到来，因为他每次来时都会带来一些稀罕的礼物。

"来，猜猜我藏在哪里了，看你能不能找到。"

舅舅总这样说着，一把将我抱起来，蹭蹭我的脸。见我被他的胡子扎得直挣扎，他反倒越发觉得有趣，蹭得更起劲了。我想办法从他的手臂中挣脱，把手探到他衣服里寻找礼物，让他痒得扭起了身子。

他有时会从帽子里拿出一块外国的巧克力，有时会往西装袖口里藏一辆袖珍汽车模型，有时会在袜子处别一把折叠刀。直到念小学前，我都以为这些东西是舅舅用魔法变出来的。

折叠刀的刀鞘上镶着次等的宝石，拿起来沉甸甸的。只是端详着，就会因它的优美而感到脊背发寒。不过后来母亲发现了这把刀，就给没收了。

"哎呀，怎么能给孩子买这么危险的东西，那家伙怎么回事，不靠谱也要有个限度吧！"

不靠谱，她经常这么形容舅舅。

虽然不受欢迎，但每当舅舅造访，晚餐的菜单就会丰盛一些。见我一屁股坐到舅舅盘着的腿间，母亲就会呵斥："不成样子，别这样！"但我并不理会。虽然舅舅的腿硬邦邦的，但不知为何，我坐在上面很舒服。

大部分时候，舅舅都在自说自话。父亲不会喝酒，性格也不好伺候，很难和他聊些什么。舅舅一般就会聊些对新工作的期待、旅途中的奇闻和关于亲戚们的八卦，他说话时手势丰富，眉飞色舞，活像舞台上的演员，笑起来十分快意。他一边说着，一边还会往我的嘴里夹菜。不过父亲顶多陪他笑笑，不会主动问起什么。母亲则一直在厨房和餐桌间来回忙碌着。

到最后，父亲会冷淡地说"明天还要早起，我先去休息了"，为晚餐作结。我也被要求换上睡衣，母亲开始收拾餐桌。但舅舅依然会坐在餐桌边。

深夜我起来上厕所时，发现舅舅仍在喝着威士忌。他喝得醉醺醺的，手上的动作不太稳，后背颓废地蜷着。他独自嘀咕着什么，像是在跟空中看不见的什么东西搭话，有时还和大家都在时一样，大声地笑起来。

白天他通常在客房里无所事事，如果母亲请他干些体力活，他会非常乐意去做，但这样的机会很少。一般就是让他把寄给父亲的书搬到二楼，或者帮忙拧开瓶盖。

母亲似乎从不认为舅舅能起什么作用。

他闲得无聊时就会来到我的房间。

"好，我们来拼那个塑料模型吧！"

舅舅指的是父亲送给我的生日礼物。父亲和我约好了这周日一起组装它。倒也不是因为和父亲有约在先，但我就是对舅舅拼模型这件事感到莫名的不安。不过舅舅毫不在意，把装有零件的小袋子一个个撕开了。

"喂，让我也拼拼吧。"

"哎哟，这东西很难做的，小孩子可弄不了，就交给我好了。"舅舅说道，他既不让我摸螺旋桨，也不让我碰机翼和黏合剂。

说明书的字很小，读起来似乎很困难。他一会儿抬起老花镜，一会儿又往台灯下凑凑。零件铺了满满一面桌子，他这个拼一拼，那个拆一拆，或是倒过来打量一下，或是拽出错误的零件。一边摆弄，一边喃喃着："咦，怎么搞来着？"

"没事吧？"我担忧地问。

"没事的，再努力一把就好了。嗯，这飞机真不错。"他边说边点头，擦了擦鼻头沁出的汗。

我等得不耐烦，就跑出去玩了。到了晚饭时间，舅舅还在做模型，刚刚拼出大致的飞机模样。

"别勉强。"我委婉地对他说，但他仍不肯放弃。

次日一早，他终于拼完了。

"看一看吧。"

舅舅双手捧着飞机，展示给我看。

"好，谢谢舅舅。"

完成后的飞机和包装盒上的照片相去甚远，但我还是感谢了他。我不想让他失望。他的手指上尽是黏合剂，显得脏兮兮的。

这架飞机不太平衡，所有零件似乎都没被安放在正确的位置。驾驶席窗边有一道大缝，轮子歪歪扭扭，最关键的机翼也左右不对称。

那天中午，舅舅就离开了。我正要将飞机模型放在书箱上作为装饰，右边的机翼就掉了。我惊讶地"啊"了一声，螺旋桨随即也掉了，轮子滚落到地上，另一边的机翼也摔在我脚边。整架飞机仿佛一颗伤痕累累、腐坏到底的化石。

舅舅有时会带来一些外形奇妙、难以描述的玩意儿。有一次，他拿了一块细长的铁板，一端装着狗项圈一样的圆环，另一端附着一条宽宽的皮带。

"这个，是可以帮人长高的绑带。"

舅舅说道。父亲和母亲听罢，只是敷衍着回应了一下。

"它是这么用的。"

他说着拿我示范起来。

"不疼吧？"

我担忧地问，他连连点头，打开了金属扣。

"没事啦，你不是也想长高吗？否则可没法招女孩子喜欢，这世上有很多人都想长高呢。"

那看似项圈一样的东西果真是项圈，它刚好卡住了我的脖子。铁板固定了我的脊柱，另一端的皮带绑住了我的肚子。

"怎么样？"

舅舅一脸得意地张开双臂。父亲紧紧盯着我，母亲皱起了眉。

我感觉喘不上气，脖子被直挺挺地往上拽，没法扭头，也没法弓腰。稍稍动一下，脊柱就吱嘎吱嘎地响。浑身能自由动弹的，就只剩眼珠了。

"每天带着它三十分钟，半年就能帮你长高五厘米。通过固定脖子和腰部，可以拉伸肌肉，刺激骨骼，促进生长激素的分泌。"

"我要坚持三十分钟吗？"

我已经快哭出来了。

"三十分钟就能换来高高的个头，多好的事儿呀！"

"可是我好难受，喘不上气。"

"是吗？可能是我把项圈系得太紧了。"

舅舅摆弄起金属扣。

"这还是样品，有很多细节还需改进。我打算通过邮售的方式卖它。这东西肯定大卖。我和工厂那边已经定下生产的合同了，之后会在各种报纸和男性杂志上打广告。我还给它争取了医疗器械的认证。你们看，就是这个……"舅舅说着，从西装内兜掏出一沓资料，举到我们眼前晃了晃。

"是吗？这个嘛……"

父亲满腹狐疑地回应着，母亲则用食指戳了戳我后背的铁板。

"喂，求求你们了，快把它解开吧，我受不了了。"

这一次我是真的哭了。

没过多久，舅舅真的开始通过邮售卖起了增高绑带。也不知道他有没有好好改良项圈，但我确实在杂志上见到了这东西的广告。一个肌肉抹油的半裸男子背着它，自信地摆着造型。我在体验它的时候感觉是那么憋屈和不自在，可模特的身体和它非常契合，仿佛他打一出生就从未离开过它。

那个样品被收在抽屉的角落里，我们家再没谁穿过它。它仿佛某只丑陋爬虫蜕下的外壳，静静地趴在那里，支撑脊柱的铁板渐渐生了一层铁锈。

某个扔不可燃垃圾的日子，母亲想要扔掉它。结果铁板上的螺栓脱落了，项圈和皮带都掉了下来，整件东西分崩离析。

"这是皮革做的带子，得等到扔可燃垃圾的日子才能扔了。"母亲说。

增高绑带没有卖出去多少。也不知是因为质量太差，还是因为增高效果远不如宣传的那样好。后来，舅舅因为涉嫌欺诈被逮捕，那些获得认证的文件也是假的。

一段时间里，舅舅音信全无。大约在绑带风波的四年后，他才再度现身，那时我已经念初中了。

如今想想，那应该是舅舅最风光的时候。他带的礼物和穿的西装都是高级货，身上喷着法国香水，口中叼着雪茄。以前他都是从车站步行到我家，那次他是包了一辆轿车过来的。

据说他是去某一户有钱人家里做了管家。不过听母亲的意思，他在那里不过是个打杂的。

那家的主人是一对年迈的双胞胎姐妹。她们俩继承了身为煤炭大亨的父亲的财产，两人一直在世界各地旅行，舅舅主要的职责就是帮她们看家。

我记得那时有亲戚说，这两个老妇将舅舅当作她们共享的性伴侣。我当时还想象不出那具体是什么情况，但说这话的亲戚一脸嫌恶，所以明白应该不是什么好事。

"那姐妹俩真的一模一样。"舅舅说，"身形、声音、衣服品位、化妆的方法、皱纹的模样，全都一模一样。"

"会有弄错的时候吗？"我问。

"嗐，也无所谓弄错。就算 A 是 B，B 是 A，也完全不碍事，她俩就跟一个人似的。"

"管家……是做什么的呢？"

"你舅舅我呢，和普通的管家还不太一样哦。"他得意的口气一点没变。

"我最重要的职责就是照顾孟加拉虎。"

"虎？"我下意识问道。

"对呀。我主人把它养在庭院里。她们在印度旅行时得到了一只幼虎，就把它带了回来。"

"现在长大了吗？"

"岂止是大。它的腰围粗得没法抱住，四肢可强壮了，牙齿能咬碎一切东西。它一在庭院里跑起来，能感觉整个地面都在摇晃。"

"你不怕吗？"

"怕啊，绝不能对它掉以轻心。它时刻蓄势待发，随时都有可能攻击过来。它从头到脚都充溢着紧张感，这也是它美的源泉。它的皮毛在光照下熠熠生辉，背部线条柔和地起伏，震颤的喉咙发出威慑的低鸣，浑身完美无瑕。那是一种近在眼前，但无可触及的美。"

舅舅合上双眼，似乎在回忆老虎的模样。

"那两个老太太本来的兴趣其实是拷问。"

舅舅闭眼念叨着。我不知道该如何插话，只能沉默着。

"她们环游世界，收集拷问的刑具。管理这些刑具也是我的工作。"

"这份工作还真是新鲜呢。"

"光是把人扔到有老虎的庭院里，就已经算是十足的拷问了。还有很多别的拷问器具：弄折踝骨的斧头、撕裂嘴巴的护齿，还有剥皮用的刀……"

就算听到这些名称，我也很难想象那些器具的样子。我脑海中浮现出来的，只有"增高绑带"。

"其实，照顾老虎最麻烦的不是恐惧，而是味道。那是生命的块垒散发出的气味，浓得呛人。那种味道还会沁到头发上，非常难受。所以我离不开香水，这是 A 老太太送我的礼物，也可能是 B 老太太送的。不管是谁，这香水绝对是高级货。"

舅舅挺起前胸，往我鼻子这边凑了凑。我逃不掉那气味。

"怎么样，是不是很好闻？"

舅舅抖着手帕，将更多香水味扇进我的鼻子。他只是住在有钱人的家里，并不是自己有钱了，可一举一动都透着做作。

我深深吸了一口气。我根本分不出那是香水的气味，还是孟加拉虎的气味。

我心中对舅舅最深刻的记忆，是他离开我家时的背影。没有人知道他要去往哪里，也没有人问他。他只是淡淡地留下一句："那再见了。"

舅舅总是两手空空的。他从没拎过皮包一类的东西。内衣和其他行李要怎么办呢？也许就像送我的礼物一样，被藏在了西服的某处了吧。

"啊，好快活。"舅舅发自内心地说，"要好好学习啊。听好，无论你觉得有多无聊，都不可以小瞧了学习。学习一定是有用的，没有什么东西是学了而没有意义的，这世界就是这样。"

随后，他一把抱起我，又蹭了蹭我的脸颊。我疼得手脚动个不停，弄乱了他用发胶细心打理好的头发，但他并没有在意。

"谢谢二位照顾。"

舅舅对父亲和母亲低下头，抬手捋了捋头发。

"你下次什么时候来？"

小孩子为什么可以那样天真无邪？不过我真的很想知道舅舅的回答。

"哎呀，谁知道呢？"

不管怎么说，他都不是那种能给出承诺的人。

舅舅最后一次来访，是在那对双胞胎老太太死后。她们的房子被改装成拷问博物馆，而舅舅成了那里的馆员。我那时候已经很大了，已经不能被他抱着用胡须蹭脸颊了。

接送他的轿车来了。那是辆一尘不染的纯黑色高档汽车。他在玄关的台阶处险些绊倒，我扶住他，他用沙哑的声音说了句："不好意思。"我闻出了他钟爱的香水的气息。

我吃惊的是，不知不觉间他已如此年迈。似乎我再稍用点力，就能轻易将他推倒。我以前在他衣服间寻找礼物时触碰到的那副身体，要更加柔软而富有弹性。我记得他一直是一个个头很高的人，这次再细细打量，我发现他已经比我小一圈了。

我意识到自己已经不知道舅舅有多大年纪了。我总觉得舅舅的存在与年纪并无关系。

"记得替我问候孟加拉虎。"

我把脸凑近车窗对他说。不知道他有没有听到我的话，只见他默默点了点头。

"记得替我问候孟加拉虎。"

我重复道。舅舅的家人只剩下老虎了。

舅舅挥着手，看起来装模作样的，仿佛是被依依不舍的百姓簇拥着的国王。

汽车开远了。他的背影还能从后车窗看到。那么纤瘦、孱弱，每眨一次眼，他的身影就更小一分。

"回去吧。"

父亲回到屋里。

"哎呀呀。"

母亲一副如释重负的样子，也跟着回去了。

只有我一直目送车子消失在远处。舅舅一次都没有回头。

葬礼草草结束了。参加者屈指可数，没有一个人流眼泪。大家只是心不在焉地坐在祭坛前。比起悲伤，大家似乎更纳闷自己为什么会来到这里。

"不是他杀的窒息死亡，还蛮蹊跷的。"

"身体太过虚弱，柜子什么的再一倒，压得他没法动弹了吧。"

"应该还是他杀吧，他得罪了不少人呢。"

"不管是自杀还是他杀，据说他的胃里空空的，已经濒临饿死。没有这一出，他也快完了。"

席间能听到人们的窃窃私语。

他的生活急转直下，是从背上猥亵嫌疑开始的。邻居报警说，舅舅将一名未成年少女带去了拷问博物馆，有过一些下流的行为。事实上，那名十八岁[1]的见习美容师走进拷问博物馆，和舅舅有所交流，这的确没错。但她本人并未提交被害申报，所以这件事后来也不了了之。

舅舅和她之间有过怎样的"交流"呢？谁也不知道。

"肯定是拷问。"父亲说，"拷问了那个见习美容师。"

"为什么？"我惊愕地问。

"那房子里到处都是拷问的工具，还能做些什么？"

1　以前的日本民法规定成人年龄为二十岁，自二〇二二年四月起修改为十八岁。

舅舅和少女的事就这样消停下来。紧接着，他又因盗领双胞胎老太太的财产被逮捕了。据说他花掉了相当多的一笔钱，警方真正的目的可能就在这一点上。就这样，舅舅又被羁押了。

在此期间，拷问博物馆被关闭，舅舅失去了容身之处。

"一次也好，来博物馆看看吧。"——舅舅当初曾真诚地邀请过我，可我还是没能守住约定。我并没有什么特别的理由，我不讨厌博物馆，也不是想和舅舅保持距离，单纯只是因为忙于学业和社团活动，不知不觉间错失了机会。

每年圣诞节，舅舅都会寄给我带照片的贺卡。照片上的他站在展品旁，摆着造型。

舅舅系着蝴蝶领结，昂首挺胸，脸上浮现自得的微笑。他的衬衫浆得板板正正，皮鞋一尘不染。他手心朝上，右手指向展品，露出缀着珍珠的衬衫袖口。

我仿佛听到他在说：

"如何？这可是货真价实的拷问用具。"

最后一次见到舅舅是在二月的某天，他刚获得假释不久。浓云低垂，冷风无休止地吹着。我双手揣进裤兜，蜷着身子抵抗寒风，花了很长时间才找到他的公寓。

那是一座单调至极的建筑，矮长的方形楼体开了两排窗户，没有任何装饰。窗边没有花朵，也不见晾晒的衣物。外墙污迹斑斑，各处的导水管已开始松落，楼梯扶手歪歪扭扭。门外的杂草丛里传来野猫的叫声，此外再无其他声响。

我没有找错地方吧？想到这里，我看了一眼信箱。201室用马克笔写了舅舅的名字。笔迹生硬、潦草，被雨水冲刷得隐去了一半。

透过缝隙窥见信箱里面，不见一张明信片或传单，只有漆黑一片空洞。

"舅舅。"

我推开201室的门喊道，随后便沉默了。

"舅舅，是我。"

除了这样喊，我也想不到别的办法了。

屋里的确有人的气息。不知从哪里传来了断断续续的喘息声，可我看不到他。我脱下鞋准备走进屋，却不知要把脚落在哪里，眼前根本找不到能下脚的地方，到处都是成山的垃圾。

该说那是垃圾吗？或许也不能说那一切尽是无用的东西，它们都是物品，但没有任何统一性，只是庞杂、肆意、极压抑的物品之山。

"啊，你来了。"

一个声音从物品与物品的缝隙中冒了出来，很快又销声匿迹。我花了点时间，才断定那的确是舅舅的声音。

"来，别一直站在那里，过来让我看看你。"

"嗯，我也想进来。但我怕一不小心踏错，这些东西就全塌了……"

"没事的，你从冰箱边钻过来，跨过那台收音机，从衣柜后面走过来。"

按照他说的，我小心地挤进山堆中。

开线的袜子、烧烤套装、百科辞典、解体的单簧管、猫粮罐头、没把手的锅、干掉的肥皂、显微镜、提线木偶、生霉的面包粉、貂的标本……刚开始我逐一辨认那些东西都是什么，很快我就因目眩而放弃了。那些东西覆盖了整个地板，高低错落地纠合在一起，形成一座巨大的山堆。窗子被堵住了，山堆的峰巅直拱到天花板。我费了好一番工夫，终于抵达了声音的源头。

"是真的，我不是在做梦，真的是你。最近我眼神一下子变差了，离我再近点，让我好好看看你。"

舅舅躺在房间中央的空隙里，几乎要被埋住了。他看向我，颤颤巍巍地伸出手。

"来了。"

我握住他的手，把脸颊贴上去。

"哎呀，好怀念的感觉。我还记得呢，你这双柔软的手，一点都没变。"

舅舅已经瘦得不成样子，手腕、脚腕和肩膀只剩皮包骨。我握着他的手，久久不能松开。

"谢谢你寄给我的贺卡。"

"我只寄给了你，我想见的人只有你。"

我迟疑了片刻，将他枕边的垃圾往里推了推，跪坐下来。

"身体如何？"

我本应问他几句这房子的情况才对，但又不知道该如何表达我的疑问。

"勉勉强强吧。这种冷日子一长，我就神经痛，很是难挨。"

舅舅身上裹着的那条被子黑黢黢的，已经看不出原本的颜色。那只是一条单薄的毛巾被。我大致扫了一眼，没看到任何取暖的用具。不过这里并不过于寒冷，我们周围的山堆仿佛制造出了一个温热的空间。

"好久没见了。"

"可不是，我本能早点出来的，结果拖了好久。最近不明事理的家伙越来越多了。"

"饮食怎么样？可要好好吃饭才行。"

"一晃你也到了开始担心别人的年纪了。总感觉前不久你还是小不点儿。"

"我已经是大学生了。"

"学什么呢？"

"法语文学。"

"真好，真是太好了啊。"

舅舅闭上浮肿的双眼，握住我的手，那表情似乎在强忍着眼泪。

"对了，我差点忘了，我给你带了礼物。快猜猜我藏在哪里了。"

我不想看到他落泪，便故意用玩笑的语气说道。舅舅发出不知是咳还是笑的声音。我从夹克里掏出了一盒巧克力。

"这是你爱吃的吧。"

"没错，太好了。真没想到有一天能收到你带给我的礼物。"

我轻轻把那盒巧克力放到摞在一起的烤面包机和三轮车上。它瞬间变成了山堆的一部分，与屋内的景象融合为一。

静下心来仔细观察，那看上去像是随意堆垒起来的物品之山，其实有着自成一体的轮廓与协调。虽然每件东西不是损坏了，就是脏污了，但集聚成如此骇人的数量之后，反倒酝酿出一种奇妙的美感。

包围了舅舅的主要是一些看不出用途的破烂儿。木料、锁链、皮革，以不可思议的形状拼凑在一起。我一开始以为是他从工厂捡来的废料，但很快想到，它们应该是博物馆的展品。

原本似乎用来绑缚双手的皮带已经扭曲，锁扣也近乎脱落。用于扯裂躯干的锁链已经变形。鞭子的手柄断了。砸碎膝盖骨的重锤生满了锈。每件物品都令人难以判断其原本的用途。它们看上去才像是受尽了拷问，瘫倒在地上奄奄一息，静静等待死亡的时刻。

我低下头，发现躺在我脚边的就是那套增高绑带。我顿时想起背着它时那种窒息般的痛苦。项圈湿漉漉的感触，还有那铁板的坚硬，我通通回忆起来了。

没有卖出去的无数增高绑带摞在一起，形成一座极致密的小山。它们彼此嵌合得如此彻底，让人怀疑已经无法分解开来了。

"哎，真怀念。"

我只是伸手一指，而舅舅即便连视线都没动，也明白我在说什么。

157

"你还记得啊。那是我了不起的发明，结果没卖出这么多。现在我还会收到那些长高的客户寄来的新年贺卡，简直把我当成大恩人呢。每次看到这些贺卡，就觉得自己这辈子也不算一事无成吧。"

舅舅将毛巾被一直拉到下巴，将身体蜷缩到极限。他眼睛半闭着，时不时咳一下，似乎是有痰卡住了嗓子。每一咳，都能看到他喉间如痉挛一样抽搐。

外面的风依然很大，玻璃窗嘎吱直响。有时可以突然瞥见有老鼠或蟑螂等小生物蹿过，它们转眼便躲进了那些拷问用具之间，随后传来短暂的窸窸窣窣的声音，很快又归于平静。

"你拿一个回去吧，这里有很多，别客气。如今你用也来得及。"

"嗯，谢谢。"我说。

房间的深处应该是一间厨房，但不见生火做饭的痕迹。同一样式的小空瓶塞满了水池——是香水瓶。

"孟加拉虎如何了？"我问。

"死在博物馆的庭院了。"舅舅回答，"也算寿终正寝，应该已经上天堂了吧。"

有那么一会儿，我们俩静默着一动不动。只是侧耳听着窗外的风声。舅舅从毛巾被里探出手来，我双手裹住那只手。我们好似在为孟加拉虎祈福。

"好像下雪了。"

"你怎么知道？"

"因为风的声音变了。"

"你没有毛毯吗？要注意保暖啊。"

"没必要，这个就足够了。倒是你可能会感冒，毕竟你还要在外面赶路呢。来，穿上这个再回去吧，很保暖的。"

家里已经堆了这么多东西，但舅舅伸手时毫不迟疑，他从枕边的山堆里一下子就摸出了要找的东西。是一件毛皮外套。

"好厚的毛皮，舅舅你可以拿这个当毛毯，我不要紧的。"

"别这么说，快拿着吧。我能留给你的可能也就这么一件衣服了。"

"好，我知道了。谢谢你，我会珍惜它的。"

舅舅似乎对我的话感到满意，再度合上双眼。很快我就听到了他熟睡的鼻息。

雪不知是从何时开始下的，外面已经纯白一片。舅舅说得一点没错。风已经停了，大片的雪花从夜空纷纷扬扬地落下。

这里一个人影都没有，在前庭打盹儿的猫也没了踪影。我缓缓走在没有半点足迹的无瑕雪地上，中途还回头望了眼 201 室，但透过窗子不见任何东西。

多亏那件毛皮外套，我一点没觉得冷。那毛皮很柔软，让人忍不住想把脸贴上去磨蹭，又像一双宽大的手臂将我整个抱住。

我能闻到舅舅的味道，是那种香水味。每迈出一步，伴随雪的结晶的碎裂声，那香气便溢涌而出。

我想按来时的路回去，可因大雪遮盖，风景已经彻底变了模样，不得已只好笔直地向前走。落在外套上的雪溜进毛皮的缝隙，转瞬便融化了。我再一次转头回望，那公寓已经看不见了，只有我的一串足迹延伸向那片幽冥。

回过神，我忽然发现左边袖子从肩膀处开裂，随后掉了下来。我急忙把它捡起。绽开的线头下垂着，袖子内衬沾染了黑色的污渍。

我惊得"啊"了一声，另一侧的袖子也掉了。冷空气猛地钻进衣服里，我只好抱着两条袖子继续向前走。

腋下的接缝处开了线，领子掉了，口袋也开裂了。

在白雪的映照下，虎的毛皮焕发出更美的光彩。野兽的气息令我哽咽，我跪在地上，捡拾散落在雪上的虎的碎片。

孟加拉虎的临终

我驶出支路，沿河堤向南奔去。快到大桥时，我仍然有些茫然。只要进入市区，就能马上到她住的公寓了。

　　这是一个闷热至极的无风午后，道路两旁的树都无精打采地垂着叶子，柏油路蒸腾着暑气。对向车道上的一队车子反射出令人目眩的光。冷气已经开到最强，可它对从车窗射进来的日光束手无策。把着方向盘的手臂被晒得通红，火烧火燎地疼着。

　　自从离开家，我就一直在赌：要是在下一个十字路口被红灯拦住，我就掉头；如果被后面的银色跑车超过，我就继续开下去；如果昨天路过的那家宠物店的苏格兰梗犬被卖掉了，我就打道回府；下一个街角左拐是公交车总站，假如停在那里的公交车超过三辆，我就去找她。

　　不知为何，我心里一直默默祈祷着，祈祷那辆银色

165

跑车不超过我，转弯去了别的地方，祈祷那个笼子中已经没有小狗的身影。我已经下了莫大的决心，但稍有机会，我相信自己又会打退堂鼓。

大桥近在眼前，我突然被卷入拥堵的车流里。似乎发生了事故，道路成了单向通行。我打开收音机，但信号不是很好，旋即又给关掉了。我再次猛踩了刹车。

见到她又能怎样呢？这个问题我已经问过自己几万遍了。掌掴她，辱骂她，喊着让她还我丈夫吗？好蠢，如果要我表现得如此不堪，那还不如就这么失去丈夫。

你好——说不定，我会这样傻傻地和她打招呼吧。就好像问候女儿的幼儿园老师一样。

丈夫为出席呼吸系统学会，三天前已经飞去美国了。一想到丈夫可能就在她的房间里，我就恐惧得不行。于是我特意选择了他不在的时间出发。

可是我不愿承认这一点。就算发现他们在家里赤裸着相拥，我也不会仓皇失措。因为他们背着我做的就是这种事，我对此早已心知肚明。我只是不愿意把事情弄得太复杂。丈夫不在的话，我们两个人更能冷静、平等地对话——我就是这样劝说自己的。

那学会具体叫什么来着？我记不太清了，只记得名字冗长又艰涩。丈夫专攻肺嗜酸性粒细胞浸润症，但我

166

并不知道那是怎样一种病。他没跟我解释过，我也没想要了解。不过，她应该是知道的吧？毕竟她是大学附属医院里一名很优秀的秘书。

我明白，对他们赤裸相拥的样子无动于衷，却为一个学会的名字而心生妒意，听起来很荒唐。可我也没办法。忌妒这种东西，总会在意想不到的时候突然冒出来折磨我。

排成长蛇的车子懒洋洋地向前徐徐移动。桥梁的阴影下，有一家人在办烧烤聚会。烤肉的烟气在附近飘荡，更加重了一分暑意。河中的沙洲上，海鸥停驻在木桩顶打理羽毛。还能看到不少帆板冲浪的风帆和钓鱼用的小艇。有汽车发出了烦躁的喇叭声，海鸥们一齐飞走了。在热辣的阳光下眯起眼，能望见远处的大海。

桥中央横倒着一辆卡车。可能是速度太快，撞上了中央隔离带。驾驶席毁得不成样子，掉落的车轮滚到了护栏的对侧。救护车、吊车和警察把卡车团团围住，四下都是昭示紧急情况的红色灯光。

司机应该已经遇难了吧。在方向盘和铁板的逼仄缝隙里被挤压，骨骼、内脏、皮肉通通都碎烂了。

但更让我惊讶的，是撒满路面的番茄。

一开始，我没有立刻认出那是番茄。我甚至误以为自己无意间闯入了一大片花田，那里开满了妖冶而不知名的赤色花朵。或者，是司机的鲜血淌了出来，绝美地浸染了大片道路。

那真是很美的番茄。它们表面泛着青，没有一颗的形状走了样，每一颗都已熟透，有着规整的形态。它们沐浴在阳光下，闪耀着艳丽的光，铺满了四周的地面，甚至令人看不见其下的柏油。

一个看似工作人员的男人正用铲子回收番茄，但那大片的红丝毫不因之变化。有好几个人茫然地伫立着。另有几个人正满头大汗地用电锯切开卡车的驾驶席。

有一些番茄滚到了我们这边的车道，被车子轧过。每一颗都轻易地破碎掉了。不带遗憾，不带迟疑，甚至像是遂了心愿，瞬间迸溅开来。

碎烂成液体的番茄变得更加赤红，那颜色仿佛血液一般。其他司机似乎都不想弄脏车身，便蜿蜒绕过那些番茄。我紧闭着车窗，电锯的嘶鸣却回荡在耳畔。

我尽可能地碾过更多的番茄。要是碾碎了十颗以上，我就不折返了，就这样一直往前开去。

车轮的感触传导到方向盘上，我的指尖已经麻木。车后拖出一道长长的赤痕，映在后视镜上。用车子轧死一个人，也是这样的感觉吗？

"一个，两个，三个，四个，五个，六个……"

我数着。

我曾远远地见过她的模样。去丈夫的研究室送他落下的东西时，我趁着路过，悄悄地瞄了一眼秘书室。

我立刻认出那是她。我并不认得她的脸，也没有看到她的名牌，但我当即确信那就是她。在丈夫不归家的夜晚，我想象过一个又一个场面：公寓的某个房间、他喜爱的餐厅、医院里无人的后院……她可以完美地嵌入这些场景。

可我想不起她的脸了。对她的发型和妆容，我也没了印象。我只记得她在做着非常复杂的工作。

她没有坐在椅子上，而是站着整理桌面上的资料。她焦急地翻看手中的文件，又在纸上写些什么。有时她会扔掉一些文件，有时会为资料贴上标签。汗津津的头发低垂着，遮住了半张脸。桌上的电话响了，她没去接，而是粗暴地喊了声别人的名字。被喊到名字的人慌慌张张地跑来接起了电话。

最后，看起来所有资料都整理完了，但似乎哪里又出了差错，她狠狠咂了下舌，重新从头整理。那咂舌声在门外都能听到。

无论做了多少遍都不顺利，每一次总要出些岔子。擦掉文字，折出折角，盖上印章……能想到的方式都试过了。她手中的资料已经变得皱巴巴。她的工作似乎会永远持续下去，没有任何人来帮助她。

我离开了。我更希望看到她优雅工作的样子。若可以见到她以完美无缺的姿态敲打我丈夫的论文，我应该能有更加正当的权利去忌妒。

我把车停在市政厅后面的停车场，准备从这里步行去她的公寓。如果停在公寓附近的路上，结果被贴了违章罚单，我一定会坠入万劫不复的悲戚里。我一边为自己这种无谓的担忧感到滑稽，一边再次确认了地图上的地点。

508室，508室。我咕哝着。下车的一瞬间，我顿时热得汗如水洗，精心涂抹的粉底也花了大半。毒辣的阳光无情地洒向街道。这个世界上，似乎没有什么能逃避这种酷暑。

一边走着，我一边回忆起被拒绝的点点滴滴。自从丈夫开始和她见面，这种做法已成了我的习惯。何时被拒绝，被谁拒绝，在什么情况下被拒绝，我会把儿时以来所有被拒绝的回忆通通翻找出来。如此我便明白，有那么多的人曾无视过我，而并不只是丈夫对我尤其冷漠——我就靠着这种想法来安慰自己。

刚开始，我只能忆起一两件被拒绝的事，但随着他们俩的关系逐渐深入，我能回忆起的事也多了起来，脑海中的影像也变得鲜明。原本忘得一干二净的记忆，也在不知不觉间复苏了。

幼儿园的时候做游戏，需要两人结伴跳舞，只有我找不到舞伴。后来老师陪我一起跳了舞，但显得格外扎眼。小朋友的人数明明是奇数，为什么老师非得要求两两一组呢？

修学旅行时，旅馆的房间分配表上也唯独没有我的名字。一开始我以为看错了，定睛一看还是没有。这是个单纯的疏漏，并不是有人故意为之的。可这种解释并没有什么意义。最终我还是没参加修学旅行。并不是我为了房间分配表的事而沮丧，而是出发当天我发烧了，得了扁桃体炎。

十五岁的时候，我想过自杀，吃了安眠药。说起自杀，按说应该是遭遇了什么了不得的事，但我已经忘了自杀的理由。我可能只是笼统地对一切都感到厌恶。后来我一口气睡了十八个小时，醒来时头脑彻底舒畅了，仿佛真的死过一遭，全身痛快非常。全家没有一人察觉到我自杀的图谋。

昨天在美容院里，我对美容师说希望把后颈的发际再精修一下，结果对方摆出一副十分厌恶的样子，那表情似乎在说"已经没法再修了"，理发的剪刀被摆弄得啪叽啪叽直响。那好像是个还在见习期的年轻美容师。

反应过来时，我已经迷路了。尽管我一丝不苟地检查了地图，但天气热得仿佛让街道都扭曲了。每拐过一个街角，就是一片和记忆全不相符的风景。路人们都不耐烦地垂着头，流浪猫也躲在小巷的阴影里。

越过层层叠叠的房顶，能隐约看到钟楼的背影。下午两点的报时声响起，那声音在无风的空中一路飘荡，盘旋着钻进我的耳中鸣响。

报时声的余音消逝，我突然闻到了某种气味。那味道并不令人不适，也不带谄媚的甘甜，而是藏着一股毅然。我深深吸了一口，这气味成了我唯一的路标。

"是蕨的味道。"我喃喃道。

眼前出现一栋石砌的豪华宅邸。比人高的铁门半开着，一棵茂盛的栎树投下凉爽的树荫。我果决地走了进去。经过通道，我抬眼望了望窗户，绕到建筑的西侧。

气味就是从那边飘过来的。

那是一片被打理得非常漂亮的庭院。灌木被修剪得分毫不差，当中是一条绿色小径。爬藤蔷薇上尚有未凋零的残花，中央的喷泉涌动着清澄的水流。就在喷泉旁，卧着一头老虎。

"您在做什么？"我问。

"您过来看看就知道了。"陪在老虎身旁的老人回答道，他没有惊讶，也没有诘问。

"它死了吗？"

"不，还没呢。"

他招招手，示意我再靠近些。

我沿那条绿色小径走去，不知从何处吹来一阵凉爽的风，可以听到鸟儿的鸣啭和喷泉水花四溅的声音。笼罩这座城市的酷暑，似乎独独避开了这里。

那是一头巨大的老虎。它沿着喷泉的边缘微微蜷着后背，双腿无力地摊开，嘴巴半张着，显然在痛苦地喘息着。

"这是……老虎？"

"嗯，是濒死的老虎。"

老人双膝着地，弯下身子，手握着老虎左边的爪子。他的动作相当温柔，所以我丝毫没有感到恐惧。

"来，过来吧。"老人用眼神示意。

在如此酷暑中身着正装，老人没有流一滴汗。他扎蝴蝶领结，衬衫袖口缀有珍珠纽扣，穿着一件上等布料制成的外套。微卷的白发被梳理得十分精致。

不由自主地，我学着他的样子蹲下身，手抚在老虎的后背。我原以为是蕨的味道，其实是老虎发出的气味。

首先让我惊讶的，是那种温暖。它不是玩偶，也不是幻象，我能透过这温度切实地感受到它的生命。这温暖的肉体，就在我的掌下跃动着脉搏。

"真美啊，完全看不出快死了。"我小声说。

"这世上没有人能制造出如此美丽的形体。"老人爱抚着它说道。

那黑黄分明的皮毛沐浴在阳光下，闪着光芒。颜色的反差与搭配，花纹的独特与流畅……一切都那么完美。它虽然横躺着，但支撑身体的脊柱却勾勒出柔和的弧度。它的腿部还可见踩踏大地时强有力的模样。它下颌发达，隐约露出坚硬的牙齿。整个身体没有任何多余，也没有任何残缺。

"这是您的老虎吗？"

"是的。"

老人点点头。老虎的肚子痉挛了一下，吐出的气息里夹杂着呻吟。

"唉，太可怜了。"

我将注意力集中在抚摸它后背的手上。

"没关系的，不必慌张。"

老人第一次看向我，微笑着回应道。

老虎的毛发虽然粗硬，却不会让皮肤有任何刺痛感，甚至会主动吸附到手上。我越是抚摸它，那种蕨类的香气就越浓郁。

老虎耷拉着耳朵，伸出舌头。唾液从它口中淌了出来。它用所剩无几的力气蹭着地面，想离老人更近些。

"啊呀，乖，乖。"

老人双手抱起它的脑袋摩挲着。

起风了，蔷薇花摇晃着。草坪上蹦跳着不知名的小虫。偶尔，喷泉的水花会溅到我们身上。

"我是否打扰到您了？"

这个瞬间对他们来说应该相当宝贵，我意识到自己的唐突。

"您为何要这样说？"老人的语气里有半分责怪，"请陪在我们身边吧，我们需要您。"

随即，他又恢复了充满慈爱的神情，目光和守护老虎时一样。

老虎的呼吸逐渐失去了节律，每吐出一口气，它喉咙里就会发出呻吟。后颈的黑黄纹路显得格外清晰。它舌头发干，牙齿嘎吱作响，后腿痉挛不止。我拼命抚摸它的后背，这是我唯一能做的。

老人抱着它的头，脸颊紧贴着它一动不动。老虎睁开眼，那对深黑的眸子寻觅着老人，待它确认完老人的陪伴时，便放心地闭上了眼。

他们的身体逐渐融为一体。脸颊与下颌，胸口与颈部，手掌与腿脚，蝴蝶领结和毛皮的花纹……一切化为同一片轮廓，看不到任何分界。

一声虎啸回荡在天空的尽头。随着那吼声的余音散去，我掌中的温度也消失了。牙齿的碰撞声停止了，它吐出了最后一口气息。静谧缓缓由我们上方降临。

老人一直紧紧抱着死去的老虎。我不愿打扰他们的宁静，悄声站起身，走出了庭院。

插入车钥匙，我凝望自己的掌心片刻。我想再次回忆起这手掌所达成的事。我转动了车钥匙。

那些覆满桥面的番茄，已不知消失在何处。

番茄与满月

我在前台拿到了101号房的钥匙。开门后，只见屋内有一位带着狗的陌生阿姨。她身板挺直，双手放在膝头，坐在沙发正中。

　　"不好意思。"

　　我慌忙关上门，检查了一下门牌号和手上的钥匙。看来看去，这里的确是101号房。

　　"您好，请问，您是不是走错房间了？"我谨慎地开口道。

　　那位阿姨没有惊讶，也没有愧疚。她只是抚摸着狗脑袋。那是一条黑色的拉布拉多犬，乖乖地趴在沙发腿旁。

　　"您是哪位？"

　　与年龄不符，她的声音颇像个少女。反倒是我显得惊慌失措。

"我是刚刚入住这间房的人。"

"我也是。"

她十分冷静地回答。

"可能是酒店弄错了吧，给前台打一下电话吧。能麻烦您把钥匙给我看一下吗？"

"钥匙？"

她歪着头，眼睛望天，仿佛听到一个艰涩的医学词汇。

"没错。"

我有些焦躁起来。为了赶截稿日，我昨晚一宿没睡，来酒店的路上还被堵车折腾得筋疲力尽。我等不及要马上冲个澡，赶紧睡一觉。

"101号房的钥匙。"

"啊，是吗。真抱歉，我现在也在找呢。我记得它应该就放在那边，但怎么都找不见了……"

她指了指梳妆台的方向，但并没有起身的意思。她就像个人偶一样，保持同一坐姿。那条狗打了个哈欠，尾巴换了个方向。

没错，她真的很像个人偶。娇小、白皙，发型是娃娃头，留着直直的齐刘海。手腕、手指、小腿都过分纤细，像是用什么特殊材料制作而成。

"您是怎么进来的？"我问。

"从露台。"她指了指窗户。

外面相当晴朗，阳光很晃眼。洒水器洒过水后，庭院里被打湿的草坪闪着光。对面的泳池传来孩子们的欢声笑语。更远方，可以眺望没有一丝波澜的平静大海。露台的躺椅上停着小鸟，它们很快又飞走了。

"窗户敞开着，小风吹进来很舒服。绕到正门进来太麻烦了，还不如从露台翻进来省事。"

她露出微笑。

"嗯，是啊。但是您好像弄错房间了，这里是我的房间。"

我故意粗暴地将手提包扔到床上。

"哎呀，糟糕，真是抱歉，我马上告辞。"

她腋下夹着用丝绸披肩包裹的物品，扯了扯狗的牵引绳，终于站起了身。起身后的她显得更加娇小了。狗抖了抖身子，跟随在她的左脚边。

我打开门请她离开。很快，她和拉布拉多犬就穿过露台，走了出去。她们既没有发出脚步声，也没把露台的地板踩得吱嘎直响。她们走入光芒，踪影随之消失了。沙发下只剩几根拉布拉多犬的黑色毛发。

次日一早，我开车直奔海角，拍摄日出的照片，在鱼市完成取材。等返回酒店停车场时，我又见到了那位阿姨。

她一只胳膊夹着披肩包裹，另一只胳膊拎着盛得满满的果篮。此时她正站在厨房后门，身旁还是那条黑色的拉布拉多犬。

我停好车，折起地图放进仪表盘。假装没看到她，径直穿过了停车场。

我们本来并不相识，若对上视线自然会点头致意，但也仅限于此。何况是她有错在先，没必要主动和她打招呼——我这样对自己说。

可不知不觉间，我的视线渐渐锁定在她身上。我躲在汽车的暗处观察她。我心里对此或许另有一番盘算：在来疗养酒店度假的客人里，她实在有些特别，说不定能成为日后的素材。我也有可能是被那只狗缥缈的眼神所吸引，禁不住好奇她们的情况。

"没关系的，请别客气。"

她不停地对厨房里一位貌似厨师的男人说，想要把果篮交给他。

"这些是在我们的农园里有机栽培出来的，都是品质极佳的番茄。收获得太多了，正发愁怎么处理。您这边能用上也是好事呀。"

番茄吗？我暗暗想。那厨师一脸为难，双手僵硬地抬起，似乎在犹豫要不要接过果篮。可她满不在乎，一个劲儿地将那篮番茄塞进男人怀里。

最终，厨师接受了番茄。与其说是开心地收下，不如说是为她的执拗感到无可奈何。

"请收下吧，别客气。这东西我们要多少有多少。只是点小心意，您千万别不好意思。"

她心满意足地笑了。随后她领着狗穿过车辆的间隙，向海岸边走去了。全程没有向我这里看过一眼。

餐厅十分拥挤。大部分不是举家出行的客人，就是结伴的年轻人。整个空间充斥着孩子的打闹声和餐具相碰的声音。透过擦得明亮的窗户，能看到一整面大海。

餐厅是挑空的，贝壳状的吊灯从高高的天花板上垂下，绒毯和桌布是统一的蓝色。从沙滩鞋散落的沙粒撒得到处都是。

我被领到柱子后面一处隐蔽的小圆桌旁。我点了一杯咖啡、两片烤面包片、一份培根蛋卷和青菜沙拉。面包片烤得刚刚好，尚十分温热，培根的油脂和咖啡的香气也恰到好处。

不过，那蛋卷吃起来水分偏多了些。可能是因为里面加了番茄。我明明点的是不添料的纯蛋卷，不知为何那蛋卷里塞了大量的番茄沫，沙拉里也尽是番茄。

是那位阿姨刚刚送来的番茄吧。

我这么想着，将蛋卷咽下。

"请问这个位置是空的吗？"

那个阿姨忽然不知从哪里冒了出来。她露出亲昵而自信的笑容，胸口抱着披肩包裹，狗的牵引绳缠在手腕上。

事出突然，我被蛋卷噎住了，只顾着咳嗽，无暇回应她。阿姨正对着我坐下，把包裹放在膝头。

"快喝点水吧。"

她把水杯推到我这边，我顺从地喝了下去。

"昨天真是失礼了。"她说。狗钻进了桌下。

"没事，不要紧。"我说，没有停下摆弄蛋卷的手。

"没惹您不愉快吧？"

"谁都有可能犯这种错。"

"听您这么说，我就能松口气了。"

到这里，我们的对话就中断了。我实在没什么好说的。为了挨过沉默，我把沙拉塞入口中。她一直盯着我吃东西的样子。

她那摆弄糖罐的手指十分纤细，似乎稍用力一握就会碎得彻底。透过罩衫也能看出她嶙峋的双肩，从领口可以瞥见她的锁骨。

"您是来休假的吗？"阿姨又开口道。

"不是，我是来工作的。"

"哦，什么样的工作？"

"为一本女性杂志写介绍这家酒店的文章。"

"哎呀，真棒。"

无论怎么吃，沙拉里的番茄就是不见少。我已经不耐烦了。阿姨摆弄完糖罐，开始折叠起餐巾纸来，然后又将之展开。

"怎么没人来给您点餐？"我说。

"没关系。您不用在意我。"阿姨回答。她一边折着餐巾纸，一边仍注视着我。

"我喊一下服务员。"

我正要招呼，她突然探出身子拦住了我。

"没关系的呀。早饭不吃也行的。"

她的手指轻轻碰到了我的皮肤，那触感冷冷的。无奈，我只好再专注于那盘沙拉。

"番茄，很好吃吧？"

我点点头。

嘿嘿嘿。阿姨笑了。

"这是我送给酒店的番茄。"

蛋卷还剩一半。番茄躺在碟子里，覆着黏糊糊的蛋黄。

"我知道。"

我想赶快把饭吃完，早点离开，便几乎嚼也不嚼地把蛋卷囫囵吞了下去。

"是我捡的。"阿姨说，"昨天掉在桥上，我给捡走了。"

我假装没听清她在说什么，还在使劲把食物吃完。餐刀磕到餐盘，发出刺耳的声音。

"有个卡车司机开车打盹儿，结果车子翻了，货也散了一地。桥面都是番茄，看上去可漂亮了。看到那一幕，任谁都会忍不住去捡的。那个司机卡在被撞扁的驾驶席里，当场就死了。腰骨、肺和脑浆都被撞烂了，跟被压成酱的番茄一样。"

我总算咽下最后一口蛋卷，放下刀叉。我用揉皱的餐巾擦了擦嘴角，把它团成球，扔在桌子正中央。

"那就聊到这里吧，打扰您了，我先走一步。"

她说罢恭恭敬敬地对我点头，随后迅速穿过嘈杂的餐厅。到最后，也没有服务员帮她点单。

上午，我在副经理的带领下拍摄了三类客房的照片。分别是标准房、豪华房和套房。浴室、阳台、橱柜、洗

186

浴套装、拖鞋、冰箱，凡是能想到的，我全都拍了下来。一旁的副经理喋喋不休地讲着这家酒店有多舒适，多富丽堂皇。

下午的取材地点在海滩。这里立了一个海豚形招牌，上面用水蓝色油漆写了"海豚海滩"几个字。

沙滩上支着遮阳伞，还设置了小吃摊和简易淋浴房，一路延伸到海湾东侧的海角。栈桥旁停靠着游船。

"下一班看海豚的游船什么时候出发？"我问一位卖刨冰的年轻女孩。

"嗯？"她回应，露出一副很不耐烦的表情，好像我的问题极其荒谬。

"看海豚的游船。"我大声说道，"就是在海上拉网饲养的海豚。你看，手册上写的……"

"死了。"女孩为刨冰浇上柠檬黄的糖蜜，回答我道，"死了。三头全死了。"

我叹了口气，拎起装着相机的沉甸甸的皮包。

写着"海豚号"的游船上，"海"字的偏旁，"豚"字的几笔，以及"号"字的下半部分都已被剥蚀。连接栈桥和船体的锁链也缠满了海藻。

在酒吧喝了两杯威士忌后，我来到酒店后院散步。

一轮似要融化滴落的金色满月已经升起。

网球场和射箭场上不见一个人影。前台的窗口已经挂上帘子。夜间的灯光也熄了。地上只有一条不知被谁遗落的脏兮兮的腕带。

我穿过高尔夫球场的草坪，登上了山丘上的葡萄园。多亏这轮朗月，脚下的路被照得蒙蒙亮。此时无风，但白天的暑气已消散不少。

山顶上有一把小小的木制长凳、一架坏掉的望远镜和一间温室。我坐在长凳上。夜晚的大海仿佛已经安睡，海里没有一个人在游泳。

我依稀听见踏过草地的脚步声，还有衣服的摩擦声和清脆的金属碰击声。无须回头，我就猜到那是谁了。

"晚上好。"阿姨说。

"晚上好。"我回答。长椅上已经没什么空间了，可阿姨仍旧坐到我身边。不用收拢肩膀，也不用将我推开，她的身子不费力地钻进了狭窄的空隙里。一如既往，她的脚边还是那条狗，她的膝头也还是那个包裹。

"工作还顺利吗？"

"嗯，马马虎虎吧。"

"要介绍酒店的话，一般都会怎么写呢？"

阿姨歪着脑袋，认真地盯着我。她穿的是朴素且毫无特征的罩衫加半裙，身上看不到任何首饰，只有拴着狗的红色牵引绳像手镯一样缠在手腕上。她的双颊白得通透，眼尾的皱纹十分醒目，指甲修剪得很整齐。她的双手一直撑扶着包裹，以防其掉落。

"踏进一步，您就仿佛置身乐园之中。地中海风格的客房全都可以望到海景，且均配有阳台。酒店工作人员将满面笑容地迎接客人的光临。即使小如一块肥皂、一条浴巾，也讲求极致的品质。每一次服务都饱含恭谨之心。步行至海滩仅需半分钟。海浪平稳，带着孩子也能放心游玩，还可以同海湾饲养的海豚一起游泳……大概就是这样。其实不管哪里的酒店都差不多。不过，这里的海豚好像已经死了。"

"嗯，我知道的。听说得了传染病，肺里长了寄生虫。"

她说罢便远眺海的方向。月光照亮了她的侧脸。

我们一停下对话，就能听到海浪的声音。那声音好似从高远的天空中传来的一般。

"您为什么要找我说话呢？"

问完这句话之后，我发觉自己这句话似乎说得太直接了，不由得有些心慌。

"给你添麻烦了吗？"

"没有，我不是这个意思。"我摇摇头。

"因为，你和我的救命恩人长得很像。"

她将鬓边的头发绾到耳后，那耳朵雪白、单薄。

"大概是三十年前的事了。我在雪天里迷了路，不知该怎么办。往周围望去，所见之处全是雪，看不到任何标志。那个夜晚跟今天一样静悄悄的。如果此刻这里下起了雪，那真的就跟回到三十年前那晚一样了。"

她抬头望向夜空，似乎真的在期盼一场雪。但此时只有满月和群星在发光。

"倘若当时只有我一个人，我估计就不会慌张，可能就那么静静地等死了，也不会有什么不甘。可是当时我不是一个人。我还带着孩子。一个聪明、可爱的十岁男孩。所以我不能死，我必须走出去。"

"嗯，我能理解。"

"你也有孩子吗？"

"有个十岁的儿子。"

"哎呀，真巧。"

"不过从他三岁起，我就没再见过他，我前妻不许我见。"

"这样啊……"

我们俩再次陷入沉默，大海的涛声在耳畔回荡。

"那是我们从动物园回家的路上。那天太冷了，动物园里一个人都没有，只有我们俩。那孩子当时穿的外套的款式、手套上的花纹，我还都记得。那孩子还说，长颈鹿的脖子怎么那么长，好荒诞。他才十岁，就会用'荒诞'这种词了呢。"

"真是个聪明的孩子。"

"是啊，我很为他骄傲。后来雪越下越大，我们饿着肚子，腿也走不动了，开始头晕起来。但那孩子没有哭，他紧紧握住我的手，一直向前走着。他握得可紧了，仿佛不愿弄丢一件世上最重要的东西。"

她低头望着自己的掌心，仿佛要找回残留在那里的触感。

"就在那时，黑暗里有辆车开了过来。那路上连条狗都没有，可毫无征兆地冒出了一辆车。然后那车子在我们面前停了下来。好像一切早已计划好了，直接停了下来。'我送你们回家吧。'驾驶席上的男人对我们说。他的声音和你一样彬彬有礼。"

"那个人，真的和我很像吗？"

"一模一样。昨天在 101 号房见到你的一瞬间我就这么觉得了。发型、眼神流露的气质、从鼻子到下颌的线条……不管哪里都很像。"

她伸出手指，描摹起我的侧脸。我一动不动，任她轻抚。那指尖纤细冰冷，似乎永远不会离开我的脸。

那晚，我做了个梦。我梦见海豚的肺里有寄生虫在蠕动。寄生虫纠缠在一起，脑袋钻入滑溜溜的肺壁。每当海豚吸进一口空气，寄生虫细长的身体就会一同摇晃起来。那晃动与阿姨指尖的感触相仿。肺壁沁出的血逐渐把周围染透。

泳池清凉的水令人舒适。刚刚的广播新闻提到，今天是这个夏季最热的一天。

餐厅的露台聚了一群啄食面包屑的小鸟。海岸上的遮阳伞渐渐都撑了起来。

我慢悠悠地在泳池里来回游着自由泳。池底画着蓝色的海豚图案，池水也好似被染成相同的颜色。

每次换气，都可以看到昨天那座小山上的温室。阳光照在玻璃外墙上，十分耀眼。

已经游过几个来回了？数到四百米之后就数不清了。总之我想一直游到筋疲力尽才罢休。海豚尾鳍挺立，大睁着圆溜溜的眼睛，凝望着我。池底还有些未彻底溶解的消毒药片，正一点点冒着小泡。

我抓住泳池边，一将头探出水面，便听到有人鼓掌。

"游得真好，感觉游得停不下来呢。"

阿姨坐在躺椅上，正冲我挥着手。

"除了自由泳，你还会别的吗？"

阿姨和狗所在的那把遮阳伞投下的阴影似乎格外浓郁。一位用托盘端着饮品的服务员从我们之间走过。阿姨还穿着昨天的罩衫和半裙。

于是，我又用蛙泳游了三个来回，用仰泳游了两个来回。鼓掌声更大了。连那条拉布拉多犬也露出一脸佩服的神色。

"太厉害了，像奥运选手一样。"

抱着泳圈玩耍的孩子，身穿比基尼、涂抹防晒霜的女人，还有躺在椅子上读报的男人，没有人关注我们俩。称赞我泳姿的，只有阿姨和她的狗。

"接下来就剩蝶泳了吧。蝶泳是不是难度太大了？"

"不会的。"

为了让那条狗更佩服我，我展示了蝶泳。水花飞溅起来，抱着泳圈的孩子躲到了泳池的角落。每次换气，我依然能看到那间温室。人们的喧嚣声随着我每次潜入水中而消失。池底的消毒药片越溶越小。

"好！好！"

阿姨站起身，脚踩着拍子，吹起了口哨。为配合她的兴致，狗也摇晃起尾巴。

图书室位于副楼的一层西侧，面向庭院。沙发、写字台和摇椅布置得协调美观，壮观的书架紧贴墙壁，直达天花板。

每一本书都颇有年头。文学作家全集、诗集、植物图鉴、图画书、美式乡村美食、十三世纪的黑魔法、实用商务英语词典……有些书的装订线已经散开，有些书的书脊文字已经磨掉。

"收收下巴，脸再往左转一点。"我说。

"这样看起来还好吧？我事先还梳了一下头的。"阿姨担忧地说着，但又难掩兴奋地摆弄着头发。

"嗯，没问题。您是个很好的模特。"

我按下相机快门。

泳池那边热热闹闹的，图书室却安静极了。没有一个客人在这里读书。

洒入天窗的阳光正好落在阿姨脚边，照亮了狗的脊背。不时有风吹进来，拂动蕾丝窗帘。狗安分地紧随阿姨左右，好似她身体的一部分。

"不用紧张，自然地读书就好。"

阿姨乖乖按照我的要求去做。

"在图书室安静地度过午后的片刻，也是一种优雅。"

我一边琢磨词句，一边拍摄照片。这里有多少藏书呢？回头问一问副经理吧。

"不好意思，那个包裹能暂时放到一边吗？它有点太显眼了。"

即便翻开书，她依然把那个披肩包裹抱在膝头。

"这不行。"

她摇头。

"我可以帮您保管。"

我正要伸出手，她慌忙抱紧了包裹，扭过身背对我。那条拉布拉多犬第一次吠叫起来。

"真对不起。"我道歉。

"没关系。"

那吠声直冲天窗，图书室的空气都在震颤。

"我们继续拍摄吧，马上就结束了，您是不是也累了？"

"要结束了吗？还有点不过瘾呢。"

阿姨又摆起了姿势。取景器中的她，身量看上去越来越小了。

"大家为什么都不来这里呢？"

"不知道，可能大家嫌这里太安静了吧。"

"这图书室明明建得这么好……"

"我去休息室点些喝的过来吧。"

"没事，别费心了，就这样在这里待会儿吧。"

阳光穿过庭院的树丛，在地板上描摹出蕾丝窗帘的花纹。深深吸气，能闻到旧纸张的气味。不经意间，拉布拉多犬已经睡着了。

"车子里特别暖和。"

我立刻反应过来，她在接着说三十年前迷路的事。

"车座特别软，广播里的音乐很柔和。窗外还是大雪纷飞，车里跟另一个世界似的。像是专为我和儿子打造的，一个特别的世界。"

"听起来是辆很不错的车。"

"没错。儿子也总算放下心来，松开握着我的手。他还有点放不开，一会儿摸摸车门锁的按钮，一会儿闻闻皮靠垫的气味，又伸手去擦窗上的哈气。在那个年代，私家车还是比较少见的。"

"那个和我很像的男人，究竟是谁呢？"

"我也不知道。"

阿姨十分遗憾地垂下头。

"我想和他道谢，就问了他的名字，可他没有回答。职业、住址、出现在这里的缘由……这些都没有告诉我。但是有一点错不了，就是你们真的长得一模一样，连手指的动作也一样。我坐在后座，一直紧盯着他握方向盘的手，所以直到今天我还记得清清楚楚。"

我看了看自己放在胶片盒上的手，那真是双再普通不过的手了。

风向改变了，可以些微地听到泳池的喧嚣了。不过可能只是我的幻听。那些摆满房间的书本垒成了一道寂静的墙，将我们和外面的噪声隔绝开来。

"您那个聪明的孩子，现在在做什么？"我问。

"他十二岁时我们就分开了，之后再没见过。"

阿姨摆弄着包裹的结扣回答道。或许因为总被带着走来走去，包裹被摸得脏兮兮的，到处都是磨损。

"他其实不是我的孩子。是我前夫和他前妻的孩子。我从来没生过孩子。"

拉布拉多犬睡眼蒙眬，用后腿挠了挠脖子。连接项圈和牵引绳的金属扣发出响动。很快它就又睡去了。

"他现在的年纪应该和你差不多了吧。"

"我既是您的恩人，也是您的儿子。"

"嗯，是呀。"

阿姨微微笑起来，脸上泛起皱纹，显出半分悲怆。

早上一口气游得太猛，身体也有了倦意。再这么坐下去，我也快睡着了。

"您那个包裹里放着什么呢？应该是很重要的东西吧？"

我终于问出了一直在意的问题。

"是原稿。"

阿姨将包裹抱紧在胸前。

"您放心，我不会夺走的。"

"我一点都不敢松懈，要非常非常小心。"

"是什么样的原稿？"

"小说的原稿。我是个作家。要是被偷了，就再也找不回来了。所以我才会随身带着。"

"原来如此，那确实得小心些……"

"你也写作，肯定明白的。"

"当然。不过我写的东西差不多谁都能写出来。您来这里，也是为了创作？"

"嗯，差不多吧。"

庭院响起蝉鸣，但马上就止住了。天窗透进来的光芒正一点点向房间边缘移动。狗背渐渐隐没在阴影中。

"我刚离开工作室，就会有小偷潜进来，偷走我的稿子。"阿姨继续说道。

"真的吗？"

"嗯，真的。我去附近的超市买东西回来，发现台灯的位置变了，原稿也被翻过。第二天我遛狗回来，发现橡皮掉在地上，吸墨纸少了一张。此后我每次出门回来，总感觉到有人进来过，真让人不舒服。但我突然意识到了，这个小偷不一般，他是奔着我的小说来的。"

阿姨的语速越来越快，抚弄包裹结扣的手指也越来越用力。不过那个结打得相当结实，包裹丝毫没有松解。

"过了一阵子，果不其然，那个戴眼镜的驼背女人发表了一篇和我写的一模一样的小说。故事情节、人物个性，还有书名都完全相同。太过分了，对吧？"

我沉默着点点头。

"那个女人假装是自己写的，厚着脸皮在采访中说什么：'我将自己此前构筑的世界彻底摧毁，再次从零开始。'"

她愤恨地咂着舌。一瞬间，我从她的唇间窥见了她的舌头。那舌头红得惊人，我想到了昨天吃过的番茄。

"所以我就开始随身带着原稿了，因为不知道什么时候就被哪些人盯上。现在我正好写到第八百页，还差两百页就完成了。"

阿姨将脸颊贴上包裹。那披肩已经沾染了太多污垢，甚至看不出原本的颜色了。丝绸的柔顺早已丧失不见，耷拉下好几根绽开的线头。包裹碰到阿姨的身体时，会发出咔沙咔沙的声音。

"这里有您的作品吗？"我将视线从包裹上挪开，问道。

"嗯，有的。"阿姨站起身，毫不迟疑地从书架正中间抽出一本书。

"洋果子店的午后……"

我小声念出标题。那本书和她的包裹一样，看上去很寒酸，薄薄的一册，书皮上翘着，到处都是虫蛀的痕迹。

"这本算是从小偷手中逃过一劫的小说。"

她自豪地挺起胸膛。

我在房间里一直撰稿到晚上七点半。和主编打电话讨论后，来到餐厅吃晚饭。我点了法国鱼蟹羹、芜菁沙拉和啤酒。

露台上有人在举家烧烤。没有起风，但泳池的水面泛着涟漪。

想到阿姨可能会来，我空出了能看到大海的座位。为了让狗也能舒服待着，我把多余的椅子也挪开了。

沙拉里没有了番茄。我又要了一杯啤酒，喝掉了法国鱼蟹羹最后几口汤汁，可阿姨始终没有出现。

那晚，我读了《洋果子店的午后》。它讲的是丧子的母亲在孩子的生日去洋果子店买蛋糕的故事，仅此而已。我读了两遍，本来还要赶稿子的，可等反应过来时，我发现已经过了半夜三点。

她的文字并无特殊之处，没有出奇的角色，也没什么令人耳目一新的场面。但那故事的文字之下，似乎荡漾着散发寒意的波澜，一刻不休地浸润了我的心胸。

我翻到封底，上面印着作者的照片和简介。有出生日期、学历、主要作品，还写道"去世于一九九七年"。

我又看了一眼那张照片。是戴眼镜的驼背女人，和阿姨毫无相似之处。

钻进被窝前，我从钱包里掏出了儿子的照片。那是他三岁生日时拍下的，照片里他正面对着蛋糕。是我拍的照片。儿子手里拿着作为生日礼物的怪兽玩偶，噘起嘴巴正准备吹蜡烛。

照片的边角已有磨损。我也再没增添新照片的机会了。

"今年再过生日，你就十一岁了。"

没有人回应我。照片中的他仍一心要去吹灭蜡烛。

我永远能够正确地答出儿子的年纪。可是，那有什么用呢？

"一开始先用仰泳吧。"躺椅那边传来阿姨的喊声。

"好。"泳池里的我回答。

今天和昨天一样晴朗，一丝云彩都没有。阿姨对我挥着手，但并没有松开手里的包裹。

其实我并不擅长仰泳。不过总算游上了百米。

"收紧下巴的动作很漂亮！"

阿姨丝毫不在意周围客人的眼光，大声冲我呼喊。反正大家也一直在无视我们。拉布拉多犬把下巴搭在前爪上，看我看得入了迷，似乎在思考我是怎么游成那样的。

"接下来是蛙泳，四百米。"

"四百米？"

"应该没问题啦，我想多看几次你转身的样子。"

日光将池底照得闪闪发亮。无数苗条的腿、泳圈和泳镜挡在我的前面。五十，七十五，一百二十五，两百……每次转身，我都加上二十五米。

"四百。"

我靠在泳池边，大口喘着气。

"厉害，太厉害了！"

阿姨的手掌鼓个不停。小小的手掌发出了覆盖四周、直达池底的响亮声音。我陷入了某种幻觉，自己似乎向她和那条拉布拉多犬施与了某种宝贵的事物。

"最后是我最喜欢的，蝶泳，蝶泳。"

水花四溅的话，狗会更开心吧。阿姨一定会和昨天一样，大声为我叫好。上午我要去水族馆取材，今天就没有工作了。我可以叫上阿姨一起去水族馆。那家水族馆里饲养着儒艮——但愿它没像海豚那样死掉。

我将头抬出水面。怎么样？我游完了。刚要挥手，却把话咽了下去。

阿姨不在了，躺椅空空荡荡。拉布拉多犬也不在了。我四下张望，却一无所获。

水族馆的取材很快就结束了。馆内的儒艮活得好好的，正啃着生菜块。

中午十二点退房，明天就得把稿子交到编辑部。我在房间里整理好胶片，收拾好行李。沙发下那些黑色毛发，早就用吸尘器吸走了。

"是个中年女人。个子很小，娃娃头，抱着这么大一个包……"

听我这么解释，前台的工作人员陷入沉思。

"哦对，她带着一条狗，黑色的狗。"

"啊，您说那位客人……"

工作人员终于点了点头。

"她今早退房了。"

"哎？真的吗？"

"是的，没错。"

为什么没和我说一句再见就走了？为什么没有再为我欢呼叫好？

我将行李塞进停车场的车里。随后又看了一眼那个泳池，还是如往常一样嘈杂，池边密密麻麻支起遮阳伞，端饮品的服务员来回奔走着。

只有一把躺椅是空着的。那是今早阿姨坐过的躺椅。那个包裹就放在躺椅的正中间。它离开了阿姨的身边，看上去怯生生的。

我拿起那个包裹，解开它，看到了成捆的原稿——通通都是白纸。

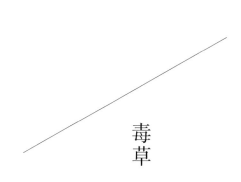

毒草

第一次遇见他，是在某场慈善音乐会的聚会上。当时有一支儿童合唱队正在演唱加演的曲目——勃拉姆斯的《小睡魔》。

"我再为您端一杯香槟吧？"

他拿走了我手中的空玻璃杯，望着我。

那身白西装似乎是借来的，他穿得有些不自在。纤瘦的身形还留有几分少年的气息。

"真动听啊。"

对方在问要不要来杯香槟，我却蹦出这么一句毫无关联的话，连我自己也觉得不可思议。

"你也应该在合唱队唱歌。"

"谢谢您，不过我已经变声了，所以就离开合唱队了。"他礼貌地回答。

他的声音审慎、得体，蕴含着坚强的意志力。我确信这是我过去从未听到过的一类声音。

"那真是可惜。看你的年纪，跟藏青色贝雷帽还很搭呢。"

他有些羞怯地埋下头。

"你还在坚持学音乐吗？"

"是的，我想考音乐大学。"

"学声乐专业？"

"不，学作曲。"

"为什么？你的声音明明这么好。"

"我还是第一次得到您这样的夸奖。"

表演结束后，合唱队的孩子们走下台，消失在了帷幕背后。孩子们都是一副郑重神情，动作有礼有节。只有一个孩子因在意快要滑落的贝雷帽，一直偷偷扭着肩膀。

"那么，您还需要香槟吗？"

他依然低着头，视线落在空杯子上。

那只握着玻璃杯的手显得很老练。他的手柔软而宽大，处处透着旺盛的力量。

"能帮我再拿一杯吗？"我说。

其实我已经不想喝香槟了，只是想让他再回来找我，才这么说的。

慈善音乐会的主办者是当地的银行家。他之前曾买过我的好几幅画。在银行家的帮助下，我为聚会上遇到的那位男孩安排了奖学金。

为了攒学费，他一直在拼命打工。很多工作甚至和音乐毫无关系，比如美容院的发型模特、物流公司的快递员、制药公司的试管清洗工等。

说得明白一些，我们之间是有契约的。但他似乎对此没什么意识。他只是乖乖地遵照我的要求，完成分配给他的"作业"而已。当然，他也从不忘记对我的感谢。

我这边支付了报考音乐大学前的必修课程的费用，相应地，他得停下一切打工活动。每两周的星期六晚上，他要在我家和我一起吃晚饭，汇报他的学业进展。这就是我提出的条件。

有时，我会担心自己的要求是否太过傲慢。但我并没有犹疑的时间，转眼之间，不单是手，他身体的任何部分都会长大，而我也会很快会变成喝不了香槟的老人。

我清楚地记得他第一次来访时的样子。那是一个秋风萧瑟的寒夜。

"您家真气派。"

他环视一圈后说。听语气那并不是场面话，而是发自内心的赞叹。他穿着灯芯绒裤子，上边套着一件看上去很暖和的粗呢大衣。

"来，随意坐吧。"

我还不太习惯在只有我们两人的空间里听到他的声音。在嘈杂的聚会上听到的声音，现在确凿地出现在这里——想到此，比起安心，我更觉得迷茫。

他在沙发角落坐了下来。双手交握在膝头，露出无防备的微笑。他望着我，好像在询问接下来他该做什么。

按照契约，我们一起吃了晚饭。菜品有鸡尾酒虾和肉蓉。我请经常上门的保姆比平时多待了一会儿，准备了这些饭菜。

他吃了只虾，切开肉蓉，又喝了水。在此期间，他把课程的进展细致地报告给我。看来那个银行家严肃地传达了我的要求。

因为拿到了奖学金，他又报了声乐课程。教他钢琴的老师也换成了在大学里有门路的人。搞音乐看似用不到什么门路，但现实并非如此。他还有了教授乐理的家教。那老师作风怪异，一只手里永远拿着瓶酒精消毒液，开始上课前一定要为桌椅消毒。他现在每周会去听一次专业音乐会，还买了五本之前买不起的参考书。这些书既有趣也有用，稍后他会把收据拿给我……

"收据就算了。"我说。

"是吗……"

或许是一口气讲了太多，他气喘吁吁的。他用餐巾纸擦了擦嘴角，随后吃下了最后一块肉蓉。

我对他口中的课业并没有什么兴趣。对我来说，最重要的是他的声音，是他的声音只为我而发出来的事实。

吃完晚饭，我们去起居室喝茶。需要报告的一切都已报告完毕后，他就没有话了。他小心地来回搅拌茶水，桌上的曲奇只吃了一块，一和我对上视线，他就浅浅一笑。我知道，他在努力不让我以为他很无聊。

我已经和充斥在这宽敞家中的安静相处了多年，也差不多觉得厌烦了。可不知为何，仅因为他在身边，这种安静的意义却有了翻天覆地的变化。

听着外面萧索的风声，我思索着。就连沉默不语的时候，他的声音仍能将我俘获。

"您房间里有架钢琴呢。"

他指了指房间的角落。我有种错觉，以为钢琴响了起来。那是紧绷着的完满琴弦突然被弹响的声音。余音不绝于耳。

"那是以前我女儿用的旧钢琴。因为你来了，时隔三十年，我又给它调了音。"

"您有女儿吗？"

"嗯。她十九岁那年生病去世了。"

"抱歉，是我多嘴了……"

他将手中的茶杯放回杯托上。

"别在意。我周围的人都已经去世了。我的那些回忆，都是死者的故事了。"

他透着茶色的卷发在额头洒下阴影，轮廓深邃，鼻梁挺直，那双聪慧的眼睛从未流露过木然，始终敏锐地观察着什么。他的嘴唇看上去水润而柔软，令人忍不住去触碰。

"您不再画画了吗？"他问。

"画不出来了。"我望着他的侧脸答道，"我的手已经成这样了，没法随意活动了。"

虽然涂着指甲油，戴着往昔恋人送的宝石戒指，但仍藏不住我手上的道道皱纹。这双手孱弱、丑陋，伸向他的时候，它们还在怯怯地颤抖。我的手和他的手，真看不出是同一类东西。

他握住我的手，带着悲悯抚摸着它。仿佛坚信这样做能让它恢复到过去的模样一般，久久抚摸着。

"弹首曲子吧。"

我将手轻轻放到膝盖上。他抬起键盘盖，合页发出吱嘎声。

"弹一首李斯特的《叹息》吧。"

他的手指在键盘上跃动开来。

我那头戴耀目王冠的王子，每两周都会在星期六傍晚五点准时到来，比日历和时钟都要准。

要如何共度这段时光？我们并没有固定的规划。课业的汇报怎样都好。我们会随心所欲，去做对彼此最重要的事。

晚餐前，我们大多会散个步。有时是去公园，如果膝盖不痛，就爬上后山去看日落。遇上下雨天，我们就玩卡牌占卜的游戏，或翻看画集，或拿出老相册，给他讲些过去的回忆。

散步时，他像是个成熟的绅士，扶住我没有拄着拐杖的胳膊，环住我的肩膀。

"再贴近我一些吧。"

他在我耳边呢喃。简单的一句话，却能令我幸福。

与之相对，玩卡牌占卜时的他又回归了无邪的少年模样。为了不打扰到认真解读数字和图案含义的我，他压低气息等待着，同时又难掩兴奋，忍不住要偷瞄几眼卡片。

"能占卜恋爱吗？"

"当然。"

他将女友的出生日期写在纸上。

多么年轻的数字。只是一串数字，就让我憋闷起来。

晚饭后，我们不会说太多话，只是静静待着。有时，我写着信，他在我身旁听唱片；有时，我们一边吃些点心，一边看悬疑片的录像带。

不过我最爱的事，是请王子为我读书。

"太阳一落山，很容易就会累到眼睛……"

我明白他是不会拒绝我的请求的，但还是会找些蹩脚的借口。

我先让他坐在我左手边的沙发上，因为我左边耳朵的听力比较好些。我将书递给他，随后陷进柔软的靠垫。他将书签摆在桌上，从上一次结束的地方开始读起。

什么书都无所谓，历史小说、科幻小说，甚至药品的说明书都可以。我想要的是他的声音，和内容无关。

我品味着那种温度、味道，那吸附到鼓膜的感触。他的朗读并不带什么感情，反倒一直是没什么起伏的平淡，有时还会结巴。不过这并不会消磨我的感受。他停顿时从唇间漏出的气息爱抚着我的头发。

"小山的山坡是一处果园，种了少量的桃子、葡萄和枇杷，剩下种的几乎都是奇异果……尤其是奇异果，沉甸甸的果实压弯了枝条。在强风吹拂的月夜，那些奇异果树就如同成群的暗绿色蝙蝠，摇撼着整座小山……"

这本书叫什么？我甚至连书名都忘了。这是我丈夫书房里的一本书。

他在读"奇异果"这个词时，嘴唇的形状温柔极了。看上去就像要触到我的嘴唇一般。

"我有些迷茫，不知该从哪里下刀。胡萝卜身上还残留着阳光的温度。我用水清洗掉上面的泥土，胡萝卜皮显现出鲜红色。先在五根手指的根部落刀吧，这样比较合适。一根接着一根，胡萝卜手指滚过案板。那一晚，我吃的是加了小拇指和食指的土豆泥沙拉。"

王子从不会焦躁，一字一句都读得很认真。那声音就像是从胸口深处某个潮湿的洞穴里发出的，绵密、顺从，语尾略微颤动。无论外面降下大雨，还是响起惊雷，只有他的声音如天籁萦绕在空中，仿佛伸手就能掬到一捧。

"警方立刻搜索了那个邮局。那里面是堆积成山的奇异果。把所有奇异果搬出来后，只找到一只患了皮肤病的野猫的尸骸……当白骨被从菜园里挖出的时候，晚霞已染遍果园。"

他始终注视着手中的书，只要我没说停，他就会一直读下去。左手托着书脊，右手翻着书页，翻动书页时发出沙沙声，为朗读增添了别具魅力的节奏。

吊灯的光线打在他的脖颈上，将胎毛染成金色。和初见时相比，他的卷发长了一些，遮住了耳朵的一半。透过他毛衣的轮廓，能看出那片还没有多少肌肉的单薄胸膛。

我闭上眼。我知道，那声音的波浪正缓缓将我包裹。从脚尖到小腿，腰、乳房、腋下、锁骨、下颌、嘴唇、眼睑……绵密至无可想象的境地，仿佛永恒。

他不放过任何一个微小的空隙。他的舌头顺滑地爬行着，手指细致地动作着。卷发蹭得脸颊发痒，我简直要叫出声来。我拼命忍住，却感到他的气息呼在了我的侧腹。

不知何时，我的右手恢复了原样，皱纹消退，不再颤抖。为什么？他触碰的地方，都在一点点回到过去。这样一来，我终于可以拿起画笔，绘出油画，爱抚他的阴茎了。

"您丈夫是怎样的人？"他拿起壁炉台上的照片问道。

"我已经忘了。"我说。

"您骗我的吧？"

"没有骗你。他已经去世四十年了，忘记也是正常的吧。四十年，你大概无法想象吧。"

"您丈夫很英俊。"

"你太会说话了，那张照片太旧了，已经看不清脸了。"

"您也很美。"

他凝望着四十年前的我。

"他是我画作的买主，很有钱，年龄和我差距很大。我是个贫穷的美术生，瘦骨伶仃，手指总是沾满颜料，当时只有十九岁。"我将他刚刚夹了书签的书抱在胸口，"他想让我画植物，要我把庭院里长的植物逐一画下来。香豌豆、洋金花、九子羊、乌头……全都是些毒草。我把院子里所有毒草都画完后，我们就结婚了。"

他披上那件粗呢大衣，系上鞋带。

"多谢您款待。"

他道别时的话总是一样的，但很真挚。向我鞠躬致意后，他走到门前，再次转身对我挥手。拄着拐杖的我没法摇手道别，只是微微颔首，示意他快点回去。随后他便冲进黑暗中，去赶最后一班电车了。

只有一次，他想打破我们的约定。

"这周星期六，能允许我请个假吗？"

电话那头的声音听上去比平时更紧张。只要是和他的声音有关，再细微的变化我都能注意到。

"怎么了，身体不舒服吗？"

"不，不是的……只是想推迟一天，改成星期日可以吗？星期日我没有问题。是我任性了，实在抱歉……"

"遇到什么麻烦了吗？"

"您用不着担心。"

"能不能告诉我原因？不然我放不下心来。"

"真的很抱歉，您帮了我这么多，我却要打破约定……"

"我不是在说这个，重要的是原因。"

短暂的沉默过后，他犹豫地开口道：

"星期六是我女友的生日。"

我回忆起那次卡牌占卜，也想起了卡片的数字和图案。

"不行。"

我原本没想这么说，可这两个字却自行脱口而出了。

"她的生日就在那一天，换成星期五或星期日就没有意义了。"

"我的生日也是这周星期六。而且今年说不定就是我最后一次过生日了。"

我在撒谎。他应该也察觉到了。

"我不允许。请你像往常一样过来。"

我挂断了电话。

王子来了。手里还拿着一束花。

"祝您生日快乐。"

那是本该送给他女友的花。我将它装饰在壁炉台上。落进花瓶时，没了依靠的花茎柔弱地摇动着，是一束可人的黄花。

花名叫什么？是我不认识的种类。很像过去为我丈夫画的毒草。

"我继续读下去吧。"

我没有要求，他却主动翻开了书。

那是我和他共度的最后一夜。

拐杖撞到石子上，我一个踉跄坐到地上，双手蹭破了皮。血渗了出来，火辣辣地疼着。

一只拖鞋滚落进草丛。裙角上翻，露出了内衣。不知从哪里跑来一条长斑的野狗，正用鼻子顶着那只拖鞋。

"去！"

我挥舞着拐杖，那野狗用浑浊的眼睛瞪着我，躲去远处。

我倚着一旁的榉树，费力站起身。那是一棵平凡而

219

糙硬的树。到处都不见王子的手。

　　和平时一样，我从植物园后面的步道往上走，进入山里。途中累得想要折返，便按来时的路往回走，不知不觉间到了陌生的地方。一侧是蕨草繁密的大片湿地，一侧是昏暗的杂树林。暮色渐渐降临。

　　我循着大致的方向走着，没有地图和指示牌。偶尔有小鸟从密林中飞起。手掌的痛感一直没有消散。裙子上到处沾着树枝、枯叶和死虫的尸骸。

　　本来是往山下走，路却又开始上升了，而且坡度越来越陡。但我没有折返。停下更令我恐惧。

　　"再贴近我一些吧。"

　　我恐惧再听到那声音时，猛地回首，却发现没有任何人。

　　就算等到星期六，他也不会来了。他将奖学金寄还给我，附带一封信。

　　"在您的帮助下，我已成功申请音乐文化振兴财团的特优生待遇……我认为奖学金应交给那些真正需要它的人，请允许我将其返还……衷心感谢您先前的大力扶助。"

　　这是封客气、冷淡的信。

　　我登上山崖，拐杖在途中掉了。我踩在大树的根系之间，抓住树枝攀爬，手掌的血液已凝成块。

眼前的景色豁然开阔了。平缓的斜坡被某种四方形的东西所覆盖。这里没有生长一棵树，也几乎看不见地面，一切景色都被方形的箱子所支配着。

我伸手就近摸了摸，是一台冰箱。到处都是坏掉的冰箱，有的倒放着，有的破碎着堆叠在一起。白色、蓝色、黄绿色……门已脱落的、尺寸巨大的、可以手持的、被画上涂鸦的……任何样子的都有。

我在无数冰箱的缝隙间走着。这里没有一丝风，安静得叫耳朵生疼。所有冰箱都伤痕累累、毁坏不堪。

胸口憋闷起来，后背沁出了煎熬的汗水。被缠绕的电线绊了一跤后，我抱住了一台冰箱。那是台不锈钢外壳的双开门豪华冰箱，像是会出现在酒店厨房的那种。冰箱上到处沾附着鸟粪。

我打开冰箱门。夕阳洒了进去。有人蹲在里面。这人蜷着后背，双腿折起，头埋在双膝间，刚好被收纳在隔板和鸡蛋盒的空隙间。

"喂……"

我唤道，声音瞬时被摄入深处。

那是我的尸体。在如此逼仄、阴暗的地方，吞食毒草，不被谁人看护，我默默地死掉了。

我在冰箱前蹲下身，放声大哭。为死去的自己而哭。

221

后记

一天我出门遛狗，一位初中男孩走过来问："能摸摸它吗？"我说："当然可以。"便让小狗蹲坐了下来。

　　少年虽然对狗感兴趣，但看起来并不习惯和它接触。他谨慎地伸出手，像是用指尖轻戳狗的脑袋一样抚摸着它。

　　"它多大了？"

　　"五岁了。"

　　"那还是小朋友呢。"

　　"不是的，它已经是大人了。因为小狗的寿命只有十五年左右。"

　　"哎？"

　　少年暂停了手上的动作，惊呼一声。

　　"它只能活十五年吗？"

　　看得出，他是发自内心地感到惊讶。

　　"那，那它不是没剩多少时间了吗？"

　　这一次，他换成手掌，从脑袋到脖颈，用力地抚摸起来。

"这么大一条狗死掉的话，该怎么办呢？"

那是一条雄性拉布拉多犬，体重和我相当。它很惬意地享受着抚摸，并不知道我们正聊着它的死亡。

"这么大一条狗死掉的话，究竟会怎样呢？"

少年重复了一遍，似乎并不是在询问着谁。

我很想回答他些什么。我想尽量让这个懂得礼貌、心地善良的少年放下心来。但我脱口而出的，尽是"交给负责动物殡葬的人就好""它之后还可以活十年呢"一类搪塞的话。

豪尔赫·路易斯·博尔赫斯曾说过，我们想要写的东西，其实早已被别人写过了。这种乍看会让写作者感到束手束脚的想法，同时可以一跃成为一种富有魅力的可能性。在我过往的阅读体验中，最幸福的瞬间莫过于感到保罗·奥斯特、川端康成、加西亚·马尔克斯在对我说，此刻我读到的这个故事，已在遥远的过去被某位陌生人镌刻在了秘密的洞窟中。

最近我在思考的是，写小说并不等于在洞窟里刻下文字，而是阅读已经刻在洞窟里的文字。如果我能读懂那些既存的文字，我应该就能将"狗死后究竟会怎样"

的故事讲给少年了。

此次，这十一篇有关悼念的故事能以文库本的形式再度出版，我为此非常感激。这要感谢出版社的横田朋音老师，一直以来，横田老师都对我的作品付以真心。

最后，我还想向翻阅这本书的读者表示由衷的谢意。

小川洋子
二〇〇三年二月